T0102782

Contemporánea

**Héctor Aguilar Camín** (Chetumal, 1946) es una figura clave del mundo intelectual y literario de México. Su obra incluye las novelas *Morir en el Golfo* (1985), *La guerra de Galio* (1991), *El error de la luna* (1994), *Un soplo en el río* (1998), *El resplandor de la madera* (2000), *Las mujeres de Adriano* (2002), *La tragedia de Colosio* (2004), *La conspiración de la fortuna* (2005) y *La provincia perdida* (2007). Es autor de un libro de historia clásico sobre la Revolución: *La frontera nómada. Sonora y la Revolución Mexicana* (1977) y de una reflexión continua y lúcida sobre el país, cuyo último título es *Nocturno de la democracia mexicana* (Debate, 2019). Toda su obra reciente de ficción ha sido publicada en Literatura Random House: el volumen de relatos *Historias conversadas* (2019) y las novelas *Adiós a los padres* (2015), *Toda la vida* (2017), *Plagio* (2020) y *Fantasmas en el balcón* (2021).

# Héctor Aguilar Camín

## Un soplo en el río

DEBOLS!LLO

El papel utilizado para la impresión de este libro ha sido fabricado a partir de madera
procedente de bosques y plantaciones gestionadas con los más altos estándares ambientales,
garantizando una explotación de los recursos sostenible con el medio ambiente y beneficiosa para las personas.

*Segundo Portilla (1942-1990)*
*Pablo Pascual Moncayo (1944-1997)*

*y el ulises salmón de los regresos*

JOSÉ GOROSTIZA, *Muerte sin fin*

# Índice

Capítulo 1 .................................................................. 13
Capítulo 2 .................................................................. 19
Capítulo 3 .................................................................. 27
Capítulo 4 .................................................................. 37
Capítulo 5 .................................................................. 55
Capítulo 6 .................................................................. 63
Capítulo 7 .................................................................. 71
Capítulo 8 .................................................................. 79
Capítulo 9 .................................................................. 85
Capítulo 10 ................................................................ 91
Capítulo 11 ................................................................ 99
Capítulo 12 ................................................................ 105
Capítulo 13 ................................................................ 113
Capítulo 14 ................................................................ 119
Capítulo 15 ................................................................ 127
Capítulo 16 ................................................................ 135
Capítulo 17 ................................................................ 149

# Capítulo 1

Había helado tres noches seguidas sobre el Valle de México, como solía helar hace un siglo, antes de que nuestros afanes civilizatorios secaran el valle y raparan sus bosques, rompiendo el equilibrio húmedo de sus inviernos, convertidos ahora, por el smog, los coches y el asfalto, en una falsa primavera eterna que no sabe de fríos, pero tampoco de florecimientos. Antonio Salcido había venido a la ciudad a tramitar asuntos de la política sanitaria en el Noreste, donde era, desde hacía un año, delegado federal. Luego de probarse en la academia como investigador biológico y médico, Salcido había vuelto a su ciudad natal, Reynosa, para intentar una vida práctica pegada al terruño y el hacer, pero las puertas de su ánimo no habían terminado de cerrarse sobre él con la convicción de haber acertado. No estaba en paz con el demonio de su vocación, manso y sano dentro de sí mismo, ligero al fin para salir al mundo. Como siempre que venía a la ciudad había llamado a su amigo Salmerón para reincidir en la modesta alegría de verse que puede ser la amistad. No habían podido verse por la apretada agenda de Salcido y la única posibilidad de encontrarse había sido que fueran juntos a un festejo campestre que tenía Salmerón y al que no podía faltar por una razón inaplazable, ahora olvidada. Salcido aceptó acompañarlo al festejo y fue así como a las doce del día de un domingo, en la primera mañana radiante que siguió a las heladas, salieron juntos en el coche de Salmerón rumbo a Tlaxcala, cegados por la claridad de un cielo azul que no se había visto en la capital durante la última década.

Era el 10 de diciembre de 1989. Quien haya entrado ese día en la calzada Zaragoza, única salida de la capital hacia Tlaxcala, lo recordará toda la vida. Apenas doblaron hacia el río de coches que era la calzada, los tomó por el cuello la visión del Popocatépetl y el Iztaccíhuatl, los volcanes totémicos de México, invisibles durante los últimos años para los habitantes de la ciudad, por el smog, pero de pronto nítidos, suspendidos en el cielo, con sus enormes faldas nevadas. Gritaron al verlos, como debieron gritar los primeros testigos de su altura soberana, y callaron después, agradecidos por el tráfico que les dejaba ver y volver al regalo inesperado de la mañana. Subieron la primera cuesta de la autopista, escoltados siempre por los volcanes en el cielo, hasta que en una curva que miraba a un campo de maizales y margaritas, Salcido dijo:

—Párate aquí. Tenemos que pisar esta tierra.

Salmerón detuvo el coche y bajaron. Se sentaron en una roca fría a orillas del camino y dejaron que el aire helara sus mejillas y alzara sus cabellos, como si fueran una extensión del campo de margaritas de la media montaña. Estuvieron un largo rato sin hablar y luego, sin hablar, volvieron al coche. Salmerón retomó la carretera. Salcido dijo finalmente lo que había venido a decir:

—Ayer se cumplió un año de la muerte de Rayda.

Hubo un silencio de tres curvas.

—No fui hasta el final con ella —siguió Salcido—. No fui a recoger su cuerpo cuando lo trajeron hace un año. Llevo un año dándole vueltas. Sé que hice bien en no ir, pero sé que no.

La historia de Rayda era un hoyo negro en la amistad de los amigos. Había muerto en circunstancias dramáticas que Salmerón ignoraba del todo salvo que, cuando murió, Salcido había encontrado ya una nueva pareja. En una visita anterior Salcido había repartido puros por el nacimiento de su primer hijo con la sustituta de Rayda.

—¿Sientes que abandonaste a Rayda cuando ya estaba muerta? —preguntó, cautamente, Salmerón—. Hasta donde sé, ella te abandonó primero.

—Así es. Pero ella murió y yo sigo aquí. Y siempre estamos pidiéndole perdón a nuestros muertos por estar vivos.

—¿Le pides perdón a Rayda por estar vivo?

—No sé lo que pido. Rayda es como esos volcanes: siempre está ahí. Puedo verla o no, pero siempre está ahí. Entre más lo pienso, más me parece un asunto en el que no tuve que ver. Como quien se casa con alguien que va a tener cáncer de páncreas. ¿Quién puede evitar eso? Alguien desarrolla una pulsión tanática y se va. ¿Cómo evitarlo? Es una pedantería hablar de pulsión tanática, ya lo sé. Pero es lo que sucedió. Basta ver los síntomas.

—¿Los síntomas de Rayda?

—Los tuvo todos —dijo Salcido—. Nuestra vida juntos fue una colección de síntomas. No sabría por dónde empezar. Si tuviera que hacer su historia clínica, te diría: Raquel Idalia Valenzuela, hija predilecta de su tierra. La bebé más hermosa del estado en 1951. La campeona de equitación de menores de trece años en El Paso, 1962. La mejor estudiante de su generación, ganadora de la beca estatal para estudiar medicina en México, 1971. La hija consentida de Clemente Valenzuela, criador de caballos del Noreste. Clemente perdió tres veces su fortuna apostando, y tres veces la rehízo, hasta que le dio una embolia. Así nos conocimos Rayda y yo. Venía a pasar las noches con su padre enfermo al hospital. Yo las pasaba con el mío, que también estaba internado. No parecía estar tan grave, pero fue el que se murió. El día que sacaron de la habitación el cadáver de mi padre, yo me senté en la cama y me fui de mí. Cuando regresé, Rayda estaba a mi lado, con una mano sobre mi hombro. Dijo, fíjate lo que dijo: "Él ya no puede sentir nada. Pero si pudiera, le gustaría saber que no sufres por él". Me sorprendió que no fuera creyente. Yo no sólo era creyente, sino que estaba camino al seminario de los jesuitas. Hasta allá fui a dar. Al año me salí. Ya sabes esa historia: me harté del seminario y de mis compañeros de seminario, todos hijos de ricos empeñados en redimir a los pobres. Una pasión muy jesuita. Me vine a la ciudad de México a estudiar medicina. No quería nada de religión, pura fisiología. ¿Y a quién me encuentro el primer día de prácticas en el anfiteatro de la facultad de medicina?

—A Rayda, desde luego —dijo Salmerón—. Pero estabas hablando de síntomas. ¿Cuáles síntomas?

—Que estudiara medicina era un síntoma. Verás: Rayda iba un año adelante de mí cuando nos encontramos en la universidad, el año que perdí en el seminario. Pero todavía era incapaz de soportar los cadáveres. Para ser médico hay que tener estómago. Y el estómago se te forma en el anfiteatro, cortando cadáveres. Tienen un olor que no se te olvida nunca. Estableces una relación macabra con ellos. Acaban siéndote familiares. Yo me divertía con eso, me burlaba. San Ignacio de Loyola estableció como norma de los jesuitas el criterio de obediencia *perinde ac cadaver*. Lo cual quiere decir: "Sé *como un cadáver*: Déjate hacer *como un cadáver*". Yo me acercaba a los fiambres del anfiteatro y les decía: "A ver, mi amigo: *Perinde ac cadaver*". Me parecía divertido. Rayda nunca pudo soportar los cadáveres. Ni las heridas. Lipotimizaba a la vista de una hemorragia. Se ponía a punto de desmayo. Le pasa a mucha gente cuando le sacan sangre. Bueno, el síntoma de Rayda es ése: ¿qué andaba haciendo en la carrera de medicina si no resistía siquiera la vista de la sangre?

—¿Qué andaba haciendo?

—Cumpliendo *la* misión.

—¿Cuál misión?

—Curar el dolor del mundo. Sacrificarse por los demás.

—Es una misión universal —saltó Salmerón—. La hemos padecido todos los alumnos de escuelas jesuitas, todos los intelectuales de izquierda, todas las beatas de sacristía. La tradición judeocristiana entera, desde el sermón de la montaña.

—La compasión es una maravilla —dijo Salcido—. Como el alcohol. Pero hay gente que se mata abusando del alcohol y otra que se mata abusando de la compasión. La compasión puede volverse una pulsión tanática. Ahí están sentados en la célula revolucionaria los compañeros que quieren traer la justicia al mundo. En la misma célula, a nombre de la misma causa, están los que simplemente quieren matar y que los maten. Yo los conozco y tú los conoces, conocemos sus miradas. Yo anduve con Rayda en esas células y salí corriendo. Pero no vi la mirada de Rayda.

# Capítulo 2

El cono del Popocatépetl apareció en la curva final del ascenso de la carretera, antes de empezar la bajada a Tlaxcala. La visión del volcán distrajo a Salmerón, quien terminó la curva echado sobre un autobús que venía a su lado. El autobús lo despertó con un claxon de barco. En la primera recta del descenso, Salmerón volvió a la carga:

—¿Te encontraste con Rayda en el anfiteatro y qué pasó?

—Le conté la muerte de mi padre. Ella me contó la recuperación del suyo. Por ahí anda todavía don Clemente, cruzando apuestas en los tastes de rancho, en su silla de ruedas. Teníamos cosas en común. Un primo de Rayda se había ido conmigo al seminario. Recuerdo que en su primera noche decidió mortificar su cuerpo. Pidió en la intendencia el latiguillo que llaman *disciplina*. Teníamos camas vecinas, separadas por una mampara. Lo oí rezar y ofrecer el dolor que iba a darse. Oí silbar la disciplina cortando el aire, y luego un pujido y luego al primo de Rayda: "Ayayay, ay ay ay. Ay, ojete de mi vida".

—Indigno de un soldado de Cristo. ¿Cómo se llamaba el primo de Rayda?

—Arturo Valenzuela, pero todo el mundo lo llamaba El Vate. Su fuerte era declamar. Se sabía de memoria el florilegio de la lengua española. Su especialidad era "A Roosevelt", de Rubén Darío: *¡Es con voz de la biblia o verso de Walt Whitman /que habría de llegar hasta ti, cazador!* El verso final le salía como si lo dijera Simón Bolívar: *Y, pues contáis con todo, falta una cosa: ¡Dios!*

—Muy antimperialista jesuita.

—El Vate era encantador —dijo Salcido—. Feo, pero lleno de gracia. Rayda lo veneraba. Yo estuve a punto de matarlo una vez por el poder que tenía sobre Rayda. El hecho es que Rayda y yo nos hicimos novios. Yo quería un noviazgo formal, era un muchacho serio. Rayda, en cambio, era un desmadre. Yo traía un discurso materialista y jacobino, pero abajo no había más que un tímido sexual. No había pasado de unas escaramuzas. Con Rayda fue otra cosa. No habíamos salido tres veces y ya éramos una pareja hecha y derecha. Durante años yo no pude pensar en algo más pleno que los primeros tiempos con Rayda. Era el año de 1971. La universidad estaba dominada por la izquierda. Había guerrillas en la sierra de Guerrero, Lucio Cabañas. Y en las ciudades. La Liga 23 de Septiembre.

Rayda iba a los dispensarios jesuitas de las colonias pobres. Ésa era su órbita, la catequización popular. Su primo El Vate Valenzuela fue su guía en todo eso. Ahí se aprendió toda la farmacopea: marxismo, leninismo, maoísmo, la teología de la liberación. Cristo corriendo a los mercaderes del templo. No me diga que no se acuerda de todo eso, maestro.

—Fue una epidemia seria —dijo Salmerón—. No sabía que a Rayda le hubiera dado tan fuerte.

—Su flanco no era la revolución, sino el compromiso con los pobres. Yo venía huyendo de eso, un jesuita renegado. La acompañaba a sus cosas con rubor. Ella iba a las llamadas unidades eclesiales de base que tenían los jesuitas en barrios pobres de la ciudad. Empezó yendo a los más tranquilos. Organizaba comedores populares. Un día volvió con un golpe sobre el pómulo y la sien. Yo mismo la revisé para asegurarme de que no iba a perder el ojo. "Fue un incidente", me dijo. "No quiero darle importancia. Hay que trabajar corriendo los mismos riesgos que ellos". El Vate me contó lo sucedido. Para implantarse en una colonia del Ajusco, habían atraído a una pandilla. Las pandillas controlaban la mitad del "territorio" del Ajusco. La otra mitad estaba en manos de bandas de hampones profesionales que bajaban a asaltar a la ciudad. Pues a El Vate se le ocurrió que los pandilleros podían ayudar a limpiar del hampa la colonia. Los comandos de Cristo liberan el Ajusco.

—Gran ocurrencia, ¿qué pasó?

—Qué iba a pasar. Un día la pandilla reclutada "expropió" una casa de los hampones. Al rato vinieron los hampones y los echaron a tiros. Un pandillero murió. Otro fue a dar al hospital. El jefe de los hampones vino con su escolta al dispensario a decir que pararan su carro. ¿Quién crees que estuvo en primera fila mirando airadamente al hamponcillo? Rayda. ¿Y quién crees que le dio una cachetada al hamponcillo, luego de llamarlo asesino? Rayda, desde luego. El hampón le dio a Rayda en la cara con una pistola. Cuando me lo contó El Vate, me peleé con él. "No manden por delante a las mujeres", le dije. "Nadie mandó a Rayda por delante", contestó. "Ustedes la llevan", dije. "Ella viene sola. Es un problema controlarla, tú lo sabes bien." "Por eso no la induzco", dije. Cuando llegué a la casa, tuve mi primer gran pleito con Rayda. Nos tiramos los platos. Lo menos que me dijo fue que era un maricón: "Dejaste los güevos en el seminario". Lo menos que yo le dije es que era una idiota, que por más baños de pueblo que se diera seguiría siendo toda su vida una niña rica. Lo dije de corazón. Tanto en El Vate como en ella había algo de eso. La buena conciencia, el sacrificio voluntario. Una superioridad espiritual que venía de una superioridad social. En el fondo sabían que en caso de bronca tenían un mundo donde refugiarse. Si se equivocaban, podían corregir. Si se les venían encima sus redimidos, o los enemigos de sus redimidos, podían irse a otra parte. A diferencia de sus redimidos, ellos estaban ahí voluntariamente. Eso les daba autoridad moral ante sus propios ojos. Y ante muchos de sus redimidos, también. Pero en el fondo, estaban jugando a la redención con ventajas, con un salvavidas al cual prenderse cuando realmente se estuvieran ahogando. Son mis divagaciones antijesuitas. No las tomes como van.

—¿Te separaste de Rayda por ese pleito?

—¡Qué va! A la semana estábamos otra vez enganchados. Dicen que el amor es una cuestión de olores y es cierto. Hay enchufes químicos. El nuestro era perfecto. Como parte de nuestra reconciliación hicimos el pacto de irnos a estudiar al extranjero. Estábamos terminando el cuarto año. Nos faltaba uno. Rayda había perdido en el activismo el año de ventaja que me llevaba. Optamos por la maestría en salud pública de la Universidad de California, en Berkeley, y empezamos los trámites. Decidí acompañarla más en sus aventuras de activista. Quería estar más cerca de ella, entre otras cosas para vigilarla y cuidarla. El ambiente político se calentaba por semanas. Todos los días había noticias de un asalto o un secuestro. La caída de Allende en Chile había reforzado la creencia de que no había más camino que las armas. Todo el que no pregonara la lucha armada era visto con sospecha. Un día Rayda me pidió que la acompañara a una reunión. Fuimos a un edificio de la colonia Narvarte, guiados por un contacto de El Vate. Era una muchacha norteña, muy bella y muy monja. No se pintaba y usaba unos pantalones guangos de mezclilla. Nos hizo dar vueltas por la ciudad y luego bajar en una esquina. Ella siguió adelante en el coche. Nos alcanzó luego a pie y se metió al zaguán de un edificio. Tocó cuatro veces en una puerta. Le abrieron por una ventana. "Tania", dijo. Abrieron una puerta y entramos. No había muebles. El departamento estaba desnudo, salvo por unos cajones de madera de embalar. De las puertas de las recámaras fueron saliendo los compañeros. Nos dieron la mano y se sentaron en los cajones. El jefe nos sentó frente a él. Dijo algo así como: "Necesitamos saber si estamos de acuerdo en lo fundamental. ¿Qué caracteriza según ustedes el actual momento revolucionario de México?". El Vate empezó a rizar un rizo. Cuando terminó, el jefe hizo otra pregunta del estilo, mirándome ahora a mí: "No soy teórico", dije. Mi respuesta heló la reunión. Entonces vi por primera vez las miradas que luego habría de ver en otras circunstancias con Rayda. Miradas que no he olvidado. Las miradas que tú conoces. Me peleé esa noche con Rayda y El Vate: "¿Qué andan buscando?", les dije. "¿No ven esas miradas? ¿Ésa es la revolución que quieren?" No atendí sus argumentos. Agradecí que estuviéramos a dos meses de salir de México. Pensé que en Berkeley Rayda y yo tendríamos al fin un mundo común, no interferido por el activismo. No fue así, desde luego. No fue así.

Salcido detuvo su relato. Habían llegado a la ciudad de Tlaxcala y Salmerón daba la tercera vuelta por la plaza de armas.

—¿Sabe usted a dónde vamos o da vueltas a la plaza por razones turísticas? —preguntó Salcido.

—Doy vueltas a la plaza para no interrumpirlo.

—Si va a dar vueltas esperando que acabe, no vamos a llegar a su festejo. Vamos a su festejo y le cuento al regreso lo que falta.

Salmerón manejó al festejo. Pensaba en Rayda.

# Capítulo 3

Recordaba mal a Rayda. La había visto dos o tres veces, despintada y distante, en circunstancias que también había olvidado. Salcido se había encargado de no contarle nada, lo menos posible, de aquella parte única, incompartible, de su vida. Enigmas de la amistad varonil. La imagen inacabada de Rayda lo persiguió durante la comida, más tangible en su vaguedad que las procesiones tangibles de moles y barbacoas.

Antes de las seis de la tarde, cuando empezaban a multiplicarse los bebedores aficionados de pulque, especialidad prehispánica de Tlaxcala, emprendieron el regreso. Caía la noche cuando salieron de Tlaxcala. La luna empezaba a asomarse como una muesca blanca en el horizonte, todavía azul, pero cortado por una franja color acero. Al tomar la autopista vieron hacia el oriente el Pico de Orizaba, guardián del Golfo de México. Tenía una falda de nieve tan larga como la del Popo, y una melancólica fijeza. Al doblar por la autopista hacia la ciudad de México, el Popo y el Izta volvieron a ponerse frente a ellos, como si los esperaran. Salmerón pensó que habían estado ahí millones de años antes y estarían millones de años después.

Salcido luchaba con la conflagración que los moles habían dejado en su estómago vegetariano. Vinieron sin hablar unos kilómetros. De pronto, Salcido reanudó su historia, exactamente donde la había dejado:

—Rayda y yo llegamos a Berkeley en el verano de 1975.

Ese año, recordó, habían matado a Lucio Cabañas en Guerrero. Ese año los Estados Unidos habían evacuado Saigón.

Ese año habían detenido en California a Patty Hearst, secuestrada por el Ejército Simbionético de Liberación y convertida después a su causa. Ese año habían desaparecido a Jimmy Hoffa, el líder de los transportistas americanos. Y ese año había muerto Francisco Franco, dando paso a la transición democrática en España. Todo eso, dijo Salcido, le había sucedido al mundo, es decir a nadie, en el año de 1975. A Rayda y a él les había sucedido el campus de Berkeley. Habían pasado los sesentas, la ola hippie y la moda beat, las movilizaciones por los derechos civiles, Bob Dylan y Joan Baez, la guerra contra la guerra de Vietnam, pero todo estaba todavía en la atmósfera de Berkeley, junto con la maravillosa libertad de los campus americanos, antesala dorada de la vida, dijo Salcido, antes de entrar en la alberca sucia del mundo.

—*Those were the days* —sonrió Salcido.

—Los recuerdas gratamente —observó Salmerón.

—Los he estudiado. He revisado anuarios y periódicos estudiantiles de la época. He revisado mi propia memoria. Todo resulta fantástico al recordarlo. Empezando por el tiempo que teníamos para estar juntos. Pasábamos fines de semanas enteros sin salir de la cama. Desayunábamos, comíamos y cenábamos juntos. Hablábamos sin parar. Nos reíamos sin parar. Nos queríamos sin parar. Pero a Rayda le faltaba algo. Tenía nostalgia de las colonias del Ajusco. El campus de Berkeley rebosaba de redentores, pero era parte de la moda del campus. Estaba claro que los redentores lo eran porque a esa edad les tocaba redimir a otros. Tenían causas sociales por las mismas razones que fumaban mota o hacían el amor en grupos. Era parte de su educación, parte de su estar a la orilla del mundo real preparándose, experimentando, antes de empezar a ser lo que iban a ser. Rayda veía esas cofradías de activismo en el campus como un alcohólico a los bebedores de *root beer*. Padecía un síndrome de abstinencia. De pronto se paralizaba de desganada. Tenía sólo de mí. Pero no suficientes.

—¿En qué sentido?

—En el sentido más elemental. Verás: el año de 1975 fue memorable para el mundo, pero para mí lo decisivo fue una noticia del *San Francisco Chronicle*. Anunciaba el regreso del salmón al río Connecticut, luego de cien años de ausencia. ¡Cien años! Los años que tú y yo no vamos a vivir. La historia me tocó las fibras místicas. Me hizo sentirme parte de algo más grande, la naturaleza. Mis maestros de teología dirían que tuve una deriva panteísta. Decidí asumirme como una extensión del mundo natural, y rendirme a sus dictados. Era una sublimación cientificista de la necesidad de Dios, pero no por eso era un impulso menos profundo. Pasé un año y medio envuelto en eso. Todo se resolvió en la necesidad natural de tener un hijo. Es la única presión que yo había ejercido sobre Rayda: tener un hijo. Rayda se cuidaba de no embarazarse. Quería estar disponible, no atada a su maternidad. Así había sido desde el principio, pero en Berkeley nos encontramos con la noticia de que yo había ganado y a pesar del *coil* que Rayda usaba, su retraso menstrual resultó ser un embarazo. Para mí fue como un mandato de la naturaleza. El jesuita Mateo Ricci disculpaba a Spinoza diciendo que había vuelto su Dios al universo. Yo había vuelto mi Dios el cuerpo de Rayda. Nada celebré más que aquella noticia inesperada: natural. Nunca fui más religioso que en aquellas semanas. Sentía que parte de la esencia divina estaba en el vientre de Rayda. Y ese vientre era mío, y yo lo poseía como un demente, pero en mi lujuria había algo sagrado, superior. Acusados rasgos de histeria. Casi no necesitaba comer. Veía más verdes los árboles, más azul el cielo. Me hablaban los muros de ladrillo y las yedras del campus. Creía oír el rumor de las cosas vivas, el sonido del viento, el chirriar de los insectos. Y era sólo que iba a tener un hijo con Rayda. ¿Te das cuenta? Un día llegué de la biblioteca con la comida del restaurante chino que le gustaba a Rayda. No estaba. Había dejado una nota: "Me fui al hospital. Búscame ahí". Pensé que habría tenido un llamado de emergencia, porque Rayda ayudaba en las salas de parto. Fui al hospital y la busqué en su piso. Me dijeron que estaba en recuperación. Ahí estaba, pero como paciente. Había tenido un aborto. "¿Qué pasó?", pregunté. "Me caí", dijo Rayda. "Me di en la cadera y empecé a sangrar. No había nada que hacer cuando llegué aquí." Estaba pálida, mejor dicho: estaba demacrada. Con unas ojeras que nunca había tenido. Y seca. Le pregunté cómo se sentía. Me contestó exactamente lo que Julie Christie a Dirk Bogarde en *Darling*: "Vacía". Y así estaba: vacía. De emociones y de palabras. Me estuve con ella hasta que le dieron un sedante y se durmió. Luego salí a caminar. Caminé toda la noche. Tenía la maña de huir del dolor fugándome de él. Eso había hecho a la muerte de mi padre, cuando Rayda se acercó por primera vez. Lo mismo he hecho siempre: irme con mi dolor a la estratósfera y rumiarlo ahí, darle vueltas hasta que puedo aceptarlo. Nos fuimos a la casa la mañana siguiente. Le recomendaron que descansara al menos cuarenta y ocho horas, pero no soportó el departamento. Fuimos a Sausalito a pasar el día, a ver las gaviotas en los muelles y a llenarnos del olor del mar. Al volver a casa, le dije que cuando se repusiera trataríamos de nuevo. "No", me dijo. "Vamos a dejarlo por la paz un tiempo." "Fue un accidente. No volverá a pasar", le dije. "No quiero hablar de eso", me dijo. "Vamos a dejarlo por la paz." Entendí su negativa y no insistí. A partir de aquel aborto, tuve un viraje profesional. Me alejé de la medicina social y me acerqué a la de laboratorio. Primero a la prevención de endemias. Luego, a la investigación pura. Rayda hizo el camino contrario. Se fue a los factores sociales de la enfermedad. Nuestras químicas se apagaron un tiempo, pero volvieron, como siempre. En eso estábamos, yo yendo a la investigación biológica y ella a la medicina social, cuando llegó al campus de Berkeley la revolución sandinista. La versión exportable. Cada trimestre había en el campus una causa de moda. Quedaba integrada al activismo estudiantil, con su comité organizador, sus finanzas, sus ciclos de conferencias, etc. De la causa sandinista tuvimos la primera noticia por El Vate Valenzuela. Iban a organizar un tour por California para explicar las atrocidades de la dictadura somocista y el proyecto del sandinismo. Los jesuitas centroamericanos estaban metidos hasta el cuello. Los mexicanos también. El Vate nos pidió que sirviéramos de enlace en Berkeley. Antes de decir sí Rayda estaba prendida del megáfono convocando mítines. Era la primavera del 78. El sandinismo iba en ascenso. Rayda también, después de su caída. Yo me mantuve en el laboratorio. Me absorbían las cadenas del sistema inmunológico. Dedicaba muchas horas a eso, pero terminé mi posgrado en políticas públicas de salud. Eso fue en la primavera de 1979, poco antes del triunfo sandinista. Rayda no terminó. Le faltaron materias para un año más en Berkeley. Pero las becas vencían ese otoño, y Rayda no se había tomado el trabajo de renovar la suya. No le interesaba. De hecho, apenas había estado en Berkeley durante esos meses. Había ido y venido a México en distintas misiones. Una extravagancia: en México curaban a heridos de la revolución nicaragüense. Al principio el gobierno mexicano les prestaba instalaciones y médicos. Al final, debieron montar sus propios servicios, porque la cosa comprometía al gobierno. Se decía neutral, pero lo cierto es que el gobierno de México apoyó en todo a la revolución nicaragüense. Y luego a la salvadoreña. Los enviados sandinistas recibían maletas llenas de dinero. Tenían facilidades de todo tipo. Parte de esas facilidades fueron los servicios médicos clandestinos. Rayda ayudó a poner una clínica en uno de los barrios del Ajusco. El Vate fue el intermediario.

—¿Cuánto tiempo duró eso?

—La clínica, unos meses. El enchufe de Rayda, toda la vida. Volvimos a México. Yo, con mi maestría y Rayda con su Revolución centroamericana. Yo me contraté en la Universidad como investigador y profesor. Rayda fue a las barriadas a hacer un proyecto de medicina popular. Traía de Berkeley el concepto, muy sencillo, de que la mayor parte de las enfermedades de nuestros países no las cura la medicina sino la economía. Las amibiasis y las parasitosis no se curan con antibióticos. Se curan mejorando el agua. Las deficiencias nutricionales no se curan en los niños, sino en las madres embarazadas. Es una idea fértil. Y cierta.

—¿Funcionó?

—Maravillosamente. Tuvo impactos increíbles sobre la salud en los barrios. Lo mismo que su idea, complementaria de los "quirófanos populares": quirófanos para cirugías menores sostenidos por la comunidad. Alcanzaron éxitos locos en cosas como cesáreas, apendicitis, hernias. Rayda montó el sistema de cabo a rabo. Yo colaboré. Me divertía la rigidez de mi mujer. Llevaba al extremo el concepto de "medicina popular". Las enfermedades complejas que no estaban en el rango de las "populares" eran vistas como cosas de ricos, aunque las padecieran los más pobres. Enfermedades cardiacas o neurológicas, cánceres, hipertensiones arteriales, se percibían como refinamientos, casi como indicios de riqueza. Habían hecho convenios para enviar esos enfermos a hospitales públicos, pero el tono de Rayda frente a ellos era desdeñoso. Al principio me divertía, hoy me parece otro síntoma. Un día los compas sandinistas fueron invitados a asomarse al proyecto. Más tardaron en verlo que en pedir asesoría para Managua. Y más tardaron en pedir ayuda que Rayda en ponerse al servicio de la revolución. Pidió seis meses para arrancar el programa.

—¿En Nicaragua?

—En Nicaragua.

—¿Se fue a Nicaragua?

—Se fue.

—¿Y tú qué hiciste?

—Me fui tras ella.

# Capítulo 4

—Por síntomas tampoco parabas —dijo Salmerón.

—Claro que no. Me había contratado en el proyecto del nitrógeno en la UNAM. Lo único que me interesaba era el laboratorio. Discutí con Rayda. Le hice números. Le dije que, si completaba su red en la ciudad de México, quizá podría darle servicio a un millón de personas. Más de las que podría atender nunca en Managua. También conté las veces que no haríamos el amor. Salió una cifra alta. "No hablas de venir tú", me reclamó. "Podría considerarlo como una posibilidad", respondí. "¿Por qué no como *primera* posibilidad?" "Mi primera posibilidad es convencerte de que no te vayas", le dije. "Eso no está a discusión. No vale la pena que lo discutamos." No lo discutimos. Pusimos a un lado la fecha del viaje y fuimos felices los días que faltaban, yo pensando que la felicidad crearía anticuerpos. Fue mi apuesta. La vi tan feliz esos días que pensé que iba a ganar mi apuesta. Otro síntoma mal leído: estaba feliz en parte porque se iba. La fui a despedir al avión diciéndome que seis meses de espera no eran tanto tiempo. Podía concentrarme en mi trabajo. Pero la primera cosa que hice de verdad cuando no estuvo Rayda fue irme al dispensario del Ajusco, con El Vate, a ver si podía ayudar en algo.

—Redentor de reserva —dijo Salmerón.

—Era otra manera de estar con Rayda, de mantenerme junto a ella. Y así fue, hasta que llegó su primera carta.

—¿Qué decía?

—Nada. Había puesto en el papel las fechas de sus primeros diez días en Managua y abajo cosas como: "Pensé en ti". Haz de cuenta: "Miércoles 14: Pensé en ti". "Viernes 16: Contigo." "Sábado 17: Estuve contigo." "Sábado 17 (por la noche): Doblemente." Y así. Era una ridiculez, pero me hizo un efecto irresistible. Aguanté un par de semanas, al fin buen disciplinario de mí mismo. Pero un domingo de febrero del año de 1980 acepté los hechos, compré un boleto y tomé el siguiente vuelo de AeroNica a Nicaragua. Me presenté en Managua con todo mi equipaje, y una licencia indefinida del centro del nitrógeno. No tenía idea de a dónde ir ni cómo. Managua no tenía nomenclatura urbana. Las direcciones eran locas. Por ejemplo: "De donde fue el Arbolito, una cuadra al lago y media arriba". Rayda tenía un apartado postal, y un teléfono donde recibía recados, pero nunca contestaban. Fui al ministerio de salud, a preguntar por la doctora mexicana de los quirófanos populares. Nadie sabía de ella. Pregunté entonces por el cuartel general de los jesuitas. Tampoco. Tomé entonces un taxi y le pregunté al chofer: "Hace mes y medio llegó acá una doctora mexicana, medio rubia, joven, que vive en una zona pobre de Managua ofreciendo sus servicios médicos. ¿Ha oído usted hablar de ella?". "He oído", me contestó el taxista. "¿Sabe dónde puedo encontrarla?" "Puede ser que sepa", me dijo. "¿Puede ser o sabe usted?" "Puede ser", repitió, "si la persona que usted me describe es la doctora Rayda Valenzuela, que sirve en el dispensario de la parroquia del lago." "Esa misma", le dije. "¿Puede usted llevarme con ella?" "Puedo", me dijo, y se lanzó por el laberinto sin centro ni muros que era el nuevo territorio libre de América. Llegamos a un barrio de chozas de bajareque, con andadores de tierra y lodo, por donde corrían arroyuelos de aguas negras. El taxista me hizo bajar en la única casa de mampostería. "Ahí atiende ella", dijo. "Toque nomás." Abrió una monja, la hermana Jena, de la orden Mary-knoll. Había castellanizado en Jena su nombre: Jennifer. "Usted es el pareja de Rayda", me dijo. "Lo vi en la foto que ella tiene suya." "Soy su marido", dije. "¿Ella está?" "Atrás. En el pabellón", dijo la hermana Jena.

El pabellón, explicó Salcido, eran unas barracas pardas como las que usaban para campamentos en las bases militares norteamericanas. Sobre un bajonal bien chapeado, en los linderos del campo, había seis barracas. Estaban acomodadas en círculo alrededor de la más grande, de la que salía una cola de enfermos azotados por el sol: ancianos y mujeres con niños en los brazos, heridos recientes, minusválidos, ciegos. En la barraca de la cola se daba consulta, en las otras había enfermos hospitalizados. En la que estaba pintada de blanco podía leerse "Quirófano Popular Sandinista".

Era el más grande "hospital popular" de los que hasta entonces Rayda hubiera montado o Toño Salcido hubiera visto. Fue como una aparición para él: se quedó hipnotizado, viendo y no viendo, pudiéndolo apenas creer. En lo que dio la vuelta por la barraca de la cola para acabar de ver el círculo de pabellones tributarios, Rayda salió, secándose el sudor de la frente con el brazo. Se había hecho una cofia con un paliacate sandinista rojinegro y en vez del uniforme hospitalario vestía de verde olivo, como los miembros del ejército. El sudor le había mojado el cuello de la camisola y podían verse dos manchas húmedas bajo sus axilas. Usaba unos zapatos de campaña como ruedas de tractor, y unos pantalones a la rodilla, demasiado grandes para ella. Los sujetaba con otro paliacate a manera de cinto. Era la imagen común de una mujer sudando, admitió Salcido, ruborizada por el esfuerzo en medio de la faena, como si acabara de palear unas pacas de trigo o de barbechar un terreno pedregoso con una yunta de bueyes. Y sin embargo Salcido la vio radiante, como si algo la iluminara por dentro y ella pasara recogiendo la luz de las cosas, llenándose de ellas en medio de aquella miseria terminal de las afueras de una ciudad que era toda afueras.

Rayda había adelgazado. Su delgadez acentuaba esa impronta de espiritualidad que había bajo los restos de su esfuerzo físico. Cuando vio a Toño Salcido parado ahí, deslumbrado con su aparición en la resolana implacable de Managua, fue hasta él sonriendo, tapándose el sol con una mano como visera para afinar los lentes de su propia aparición. Cuando estuvo a diez centímetros de los labios de Toño Salcido, le dijo:

—No eres un espejismo tropical, ¿verdad?

—Soy yo —le dijo Toño—. Vine a quedarme contigo.

—Abrázame para que sepa que eres tú.

Salcido la abrazó y la besó un rato largo, hasta que la hermana Jena les jaló las ropas para hacerles entender que daban un espectáculo innecesario a los pacientes.

—¿Habías ido para quedarte? —preguntó Salmerón.

—No —dijo Salcido—. Eso lo decidí cuando la vi. Cuando la vi como una madona tropical, iluminada por dentro y sudando por fuera, cubierta la cabeza con su paliacate sandinista, en medio de aquella corte de los milagros de Managua. Ahí decidí que iba a quedarme con ella: cuando la vi. Y me quedé. Me quedé un año. El mejor año de mi vida. ¿Por qué? Por ella, por mí, por todo. Pero, encima de todo, por la concentración. Yo creo que la felicidad se refiere fundamentalmente a la concentración. Cuando estás concentrado en algo, desaparece la imperfección de lo que te rodea. Desaparece el deseo, que es el origen mismo de la privación y el dolor. En desear algo más de lo que tienes radica la infelicidad. Eso lo saben muy bien los hindús. Cuando estás concentrado, ese deseo desaparece. Sólo tienes enfrente lo que estás haciendo. Nada hay más envidiable que un hombre o una mujer concentrados. Bueno, pues nunca estuve más concentrado y necesité menos cosas, aparte de las que tenía, que en aquel año con Rayda en Managua. Por primera vez nuestra vida profesional fue compartida y recíproca, sin reserva alguna. Todo lo que yo sabía como médico y como ser humano lo puse al servicio de aquel hospital fantástico, levantado mágicamente en uno de los barrios más pobres del continente. No volví a pensar en el microscopio, no me cuestioné una sola vez el sentido de aquel esfuerzo titánico. Me dediqué a curar lo incurable, la pobreza crónica, el infinito caldo de cultivo de la enfermedad temprana de la muerte temprana. Atendíamos una y otra vez en las mismas familias, en las mismas personas, las mismas enfermedades de la escasez. No acabábamos de rodar la piedra de la cura hasta la cima, cuando ya empezaban a despeñarse los pacientes por una nueva enfermedad, que se parecía muchísimo, o era idéntica, a la que acabábamos de curarle. Era para desesperar a cualquiera, pero parte de nuestra concentración era no pensar en soluciones definitivas, sino salir al paso de cada día y cosechar lo que trajera.

Vivían en una casucha de adobe sin repellar y techo de palma, siguió Salcido. Los vecinos la habían levantado para la doctora Valenzuela al final de la calle donde estaba el quirófano popular. Ese final de la calle era también el final de Managua. Lo que seguía más allá era la llanura, verde y jugosa, de la tierra nicaragüense, la llanura que se perdía de vista en un horizonte azul de cuyo confín salía, como dibujado por un niño, el Momotombo, el volcán simétrico y risueño de Nicaragua. Veían la llanura y el volcán desde la ventana de su casa. Toño Salcido recordaba los versos de un poeta nicaragüense, Carlos Manuel Pérez Alonso, con quien Salmerón había estudiado, y que había escrito:

*Nicaragua es como el dibujo de un niño*
*con casitas y vaquitas*
*y soldaditos y soldaditos y soldaditos*

Se levantaban antes del amanecer en ese último extremo de Managua y se acostaban tarde, exhaustos, llenos de los días interminables de la consulta. En medio de aquella fatiga beatífica, sus cuerpos se buscaban y tenían noches largas como si no se hubieran visto en mucho tiempo. La comida era llana y suficiente, el trabajo duro y reparador, la compañía completa, el amor diario, y sus cuerpos sanos, afilados por el trabajo, ennoblecidos por la certeza de su utilidad. Entonces, apareció La Contra en el Norte.

—Al principio fueron sólo rumores —dijo Salcido—. Versiones de que grupos contrarrevolucionarios habían empezado a aparecer y a hacerse presentes en algunos poblados de la frontera con Honduras. Luego, hubo noticias de enfrentamientos aislados. Algunos muertos. Luego, la primera versión oficial, aunque no pública, que nosotros escuchamos de labios del ministro de salud. Los Estados Unidos estaban financiando, en Honduras, nos dijo, la formación de bandas de antiguos soldados somocistas que se internaban en los poblados rurales del norte y advertían a los campesinos contra los peligros del comunismo sandinista: "No sólo no les van a dar más tierras, sino que les van a colectivizar las pocas que ya tienen". En efecto, la tendencia en el sandinismo era colectivizar la tierra y había inquietud entre los campesinos. Las bandas de

La Contra empezaron a tener simpatías. Los soldados sandinistas maltrataban a los pueblos simpatizantes de La Contra. Pronto el norte fue zona de guerra, urgida de antídotos. Militares, primero, claro. Pero luego antídotos de inversión social: mejora de la vivienda, de la educación, de la salud. Se pidieron voluntarios para todo eso. Rayda le dio inmediata consideración a la posibilidad de irnos de voluntarios al norte. "Allá pueden necesitarnos más", me dijo. "Es zona de guerra", le contesté. "Las tareas de salud ahí son como parte de la cobertura militar. Tú y yo no somos médicos militares. Aquí en Managua prestamos el mejor servicio que podemos prestar a la revolución." Estuvo de acuerdo. En realidad, lo entiendo ahora, no quiso discutir prematuramente el asunto. Otro síntoma mal leído. Pero la vida la obligó a discutirlo muy pronto, y de la peor manera. En Managua se repitió para nosotros la historia del embarazo no buscado de Berkeley. Sin que hubiera dejado el *coil*, o las pastillas anticonceptivas, poco antes de cumplirse nuestro primer año en Managua, Rayda tuvo un retraso menstrual que se resolvió a los quince días en la revelación de un embarazo. "No puedo creerlo", dijo. "Está contra todas las probabilidades." "Nosotros también estamos contra todas las probabilidades", le dije. "¿Qué quieres decir?" "La vida que llevamos es lo menos probable que pudo habernos pasado", le dije. "No entiendo", insistió Rayda. "Nuestra presencia aquí está contra las probabilidades", le dije. "Que hayamos nacido en México, estudiado en Berkeley y vivamos en un barrio perdido de Managua, está contra todas las probabilidades. El embarazo por lo menos está en la lógica de los cuerpos." "No con las prevenciones que he tomado", dijo Rayda. "No se puede prevenir a la naturaleza. De alguna manera está sucediendo lo que debe suceder", le dije. "No en este momento. Éste es el peor momento para eso", dijo Rayda. "¿Por qué? ¿Por qué es tan mal momento para tener un hijo? Siempre es buen momento para tener un hijo contigo", le dije. "Ahora, no", dijo Rayda. "¿Por qué? ¿Por qué no?" "¡Porque no!", gritó. "¡Porque no puedo irme embarazada a Las Segovias!" Las Segovias eran la región donde se había implantado La Contra. "¿Cuándo decidiste que te ibas a Las Segovias?", pregunté. "Eso no importa. Embarazada no puedo ir", me dijo. "Pues no vayas." "No me distraigas. Déjame pensar." "No es pensar lo que te hace falta, sino sentir", le dije. "No filosofes. Ésta es una cosa seria", dijo. Estaba muy seria, pero no abrumada, sino calculando, tomando decisiones. "No puedo tenerlo", dijo. "¿De qué estás hablando?" "No puedo tenerlo", repitió. "Tenemos que hacer lo mismo que en Berkeley." "¿Abortarlo?" "Abortarlo, desde luego. Como hicimos en Berkeley." "Yo no hice nada en Berkeley." "Sí, cómo no. ¿Te acuerdas que en Berkeley…?" "¡No!", grité. "¡*Yo no hice nada* en Berkeley!" Hasta entonces entendió que se había delatado. Volteó a verme con la mirada perdida.

Cerró los ojos admitiendo la magnitud de su equivocación. Se llevó las manos a la cabeza y caminó por la habitación con pasos de ciega. Yo me desplomé en el sillón de bejuco. Luego me fui a caminar por Managua. Horas. Cuando volví dormía. Al otro día discutimos violentamente. Quiero decir: la insulté, la agravié, estuve a punto de pegarle. Y le prohibí que intentara siquiera otro legrado. Me oyó con la cabeza gacha, la mirada fija. Esa noche no vino a dormir. Yo supe que había dormido en el hospital y que iba a marcharse sin lastres a Las Segovias.

Salcido calló durante los últimos kilómetros de la carretera. Salmerón respetó su silencio. En la recta final que cruzaba los hacinamientos del pueblo de Chalco, una ciudad perdida de un millón de habitantes, asentada sobre un cenagal, Salmerón volteó a ver a su amigo y le preguntó si quería quedarse en el hotel o venir a su casa a tomar unos tragos. Los tragos que le faltaban a su historia.

—En mi hotel está bien —dijo Salcido—. Quiero acabar de contarte.


Camino al hotel, Salcido reanudó su historia.

Rayda abortó y se fue a servir en un hospital de guerra en Las Segovias, ella, que apenas podía resistir la sangre, que evitaba en lo posible los cortes del quirófano porque temía desmayarse y perder al paciente por ausencia. Salcido se quedó un mes más en Nicaragua, entregando el quirófano a los nuevos encargados del ministerio de salud. Tomó la costumbre de ir al antiguo centro de Managua, junto al lago, y sentarse a leer, por la tarde, entre las ruinas de una enorme iglesia destruida por el terremoto. Le parecía un buen lugar para rumiar su pérdida. Las ruinas de la iglesia eran el espejo adecuado. Lo aliviaba constatar aquella majestad caída junto al lago. Por comparación, su derrumbe parecía menos grave.

—Volví a México hecho pedazos. Y viví la época más extraña de mi vida. La vida de otro. Pasé dos meses sin hablar con nadie. Iba de mi departamento a mi cubículo en la universidad y del cubículo a mi departamento. A ninguna otra parte. Me hice vegetariano. El olor de la carne asada me provocaba náuseas. Decidí no viajar en coche ni en transporte público. Meterme en el coche me producía una sensación de asfixia. Apenas subía al metro o a un transporte colectivo, el contacto con la gente, su mera cercanía, me destemplaba los dientes. Sudaba como en un baño sauna. Me volví un andarín. Caminaba a todas partes, de mi departamento a mi cubículo, y del cubículo a mi departamento. Veinticinco kilómetros diarios. Me levantaba muy temprano y caminaba dos horas por la mañana para llegar a la universidad. El regreso era más interesante. No volvía a mi departamento. Vagaba por la ciudad para cansarme y llegar a dormir exhausto. Eso era todo: caminar, trabajar, caminar, moler las dudas, derrotar físicamente la obsesión que no me dejaba dormir.

—¿La obsesión de Rayda?

—No. No pensaba en Rayda. Todas mis extravagancias eran coartadas para no pensar en Rayda, para expulsarla de mi cabeza. Eran una versión extrema de mi mecanismo básico contra el dolor: rodear, fugarme, nublar el objeto temido, desaparecerlo. Desaparecí a Rayda volviéndome ese personaje andarín, vegetariano, mudo. Una sombra. Una forma de hacerme invisible, de no estar expuesto al mundo ni pesar en él. Dio resultado. Poco a poco el personaje fue cediéndome su lugar. Un día pasé junto a la secretaria del centro y le dije "Buenos días". Una semana después, tuve hambre, hambre de verdad, como no había tenido desde mi separación de Rayda. Entré a un restaurante y comí. No carne, pero sí una carretada de lechugas, zanahorias, tomates y todas las vinagretas que encontré. Mi aspecto físico era lamentable. Me había dejado la barba. Tenía el armario lleno de ropa, pero usaba sólo dos mudas, y un saco de pana verde que no me quitaba de encima. Un día, entré a una farmacia. Compré navajas de afeitar, desodorante, champú. De vuelta al departamento me di un baño. Me rasuré. Tiré el saco de pana verde. La semana siguiente fui al cine por primera vez en cuatro meses. Luego me senté con un colega en la cafetería y conversé con él. Luego llamé por teléfono a Reynosa para preguntar cómo estaba mi madre.

Finalmente reparé en que mi compañera de piso en la universidad tenía una hermosa nuca, con una pelusa tierna. Compré luego mi primer libro en mucho tiempo. *Al filo de la navaja*, de Somerset Maugham. El personaje central de ese libro se llama Darrel. Lo asocié con Lawrence Durrell, cuyo *Cuarteto de Alejandría* había leído con deslumbramiento diez años antes. Compré el *Cuarteto* y lo leí de nuevo. Al empezar el primer libro, durante la escena en que Melissa aparece molida y drogada en el departamento de Pursewarden, tuve una erección. Por primera vez en meses dormí sin miedo al insomnio. Y soñé con Rayda. No recuerdo todo eso, lo tengo apuntado en un diario. Lo leí esta semana, antes de venir.

—¿Qué pasó con Rayda?

—Volvió a Managua extenuada, luego de ocho meses en Las Segovias. La hermana Jena, Jennifer Bramstide, me puso una nota comunicándomelo. Antes de salir yo de Nicaragua, Jena me había prometido eso: mantenerme informado. Cada mes, me enviaba una nota dándome cuenta del paradero de Rayda. Nunca le contesté ni me di por enterado, pero ella siguió mandándome una nota mensual sobre Rayda hasta que la perdió de vista meses más tarde, cuando Rayda también dejó Managua.

—¿Cuándo dejó Managua?

—Poco después de su estancia en Las Segovias.

—¿Con destino a dónde?

—Con destino a La Revolución.

—Pero si ya estaba en La Revolución.

—No. La Revolución es siempre algo por venir, por hacer. Para Rayda, la revolución nicaragüense ya era algo menos que La Revolución. Era la revolución cumplida, la revolución que ya no necesitaba sacrificios. La apetencia de sacrificio había tomado en Rayda el nombre de Revolución. No se podía quedar en los términos medios. Irse a trabajar al barrio más pobre de Managua y a la zona de guerra de La Contra podía parecerle un término medio. Quería más. Pude entender eso por analogía conmigo mismo. Lo que le pasaba a Rayda con La Revolución me pasaba a mí con Rayda. Siempre quería más. Nunca era suficiente. Así se explica que ambos reincidiéramos en nuestras debilidades. Ella en La Revolución y yo en ella.

—¿Reincidiste en Rayda?

—Absolutamente. A principios del año de 1981 vino a México. Me envió un mensaje con la hermana Jena, preguntando si podía quedarse en mi apartamento. Iba a pasar un mes en la ciudad, quería verme y estar en un lugar seguro. Le dije que sí, tenía enormes ganas de verla. Tanto, que la fui a buscar al aeropuerto. Venía con un grupo de monjas y curas, pero no se sorprendió de verme. Cuando salimos del aeropuerto rumbo al estacionamiento, nos cruzamos con El Vate Valenzuela, que llegaba retrasado a recibirla también. "Juntos otra vez", dijo El Vate, abrazándose a nosotros, como celebrando un reencuentro de novela. "Juntos pero no revueltos", dije yo, y arrastré a Rayda fuera de su órbita.

—¿Cómo estaba Rayda? —preguntó Salmerón.

—Más flaca, pero con una flacura atlética, saludable. Mal vestida hasta la caricatura. Nunca había sido cuidadosa en eso, pero no habían faltado en sus atuendos detalles de coquetería femenina. Un prendedor en el pelo, un dije en el cuello. Ahora no había nada sino sus pantalones verde olivo y sus zapatones soviéticos, sus camisolas sandinistas guangas y las mechas del pelo enredadas y sin cortar hacía no sé cuánto tiempo.

Subieron los dos al coche, contó Salcido, como si los dos hubieran olvidado lo que los separaba, o unidos por eso mismo, impronunciable y denso, que no acababa de soltarlos. Subieron celebrando, tocándose de más en los roces normales del encuentro, mirándose de más en los cruces normales de las miradas. Una vez que se aflojó en el coche, Rayda le dijo:

—¿Sabes lo que quiero?

—No.

—¿Lo que quiero más que nada en el mundo?

—No.

—¿Más que ninguna cosa en el mundo en este momento?

—No.

—Un baño en tu baño. Una hora de regadera con agua caliente. Tres pasadas de champú y acondicionador.

Quiero mojarme hasta que se me arruguen las yemas de los dedos. Y luego quiero una copa de vino blanco. Y un poco de caviar. Quiero sentirme burguesa y despilfarradora siquiera una noche.

—De acuerdo —dijo Toño—. Podemos despilfarrar todo eso.

La llevó al departamento, le dio las tres toallas limpias que había, puso el casete de los conciertos para piano de Mozart y la dejó bañándose, mientras iba a comprar el vino y el caviar. Cuando volvió, Rayda seguía en el baño, despilfarrando el agua. Toño enfrió el vino y dispuso el caviar. Rayda tardó todavía en salir, envuelta en sus toallas, pulida por el agua y el despilfarro. Toño le sirvió la primera copa de vino, que Rayda bebió de un trago, y puso en sus manos largas y regordetas la primera galleta de caviar. La devoró de un mordisco. Se sentó luego en el sillón y dijo:

—Este departamento es mucho mejor que el que nosotros teníamos.

—Es el mismo.

—No. Es mucho mejor que el nuestro. Está ordenado. ¿Tienes compañera?

—No.

—Yo tampoco tengo compañero. Dame otro poco de vino.

Bebió y miró a Toño por primera vez de frente, con la mirada limpia y clara que aún tenía.

—Quiero saber si me has perdonado —le dijo.

—No —respondió Toño.

—¿Por qué aceptaste entonces que viniera a tu departamento?

—Porque tenía ganas de verte.

—Yo también —dijo Rayda.

Le ofreció entonces al marido que había engañado y querido como a nadie una sonrisa angelical.

—Estoy muy cansada —dijo después—. ¿No te importa si duermo una siesta?

—No. Ven a la recámara. La arreglé para que duermas ahí.

—Aquí estoy bien en el sillón —prefirió Rayda—. Aquí estoy perfecta.

Y empezó a cerrar los ojos.

# Capítulo 5

—Durmió doce horas seguidas —dijo Salcido—. Empezaba a anochecer cuando se recostó en el sillón y no volvió a saber de sí hasta la mañana del día siguiente. La llevé a almorzar al mediodía. Comió como heliogábala: jugo de naranja y lima, papaya, huevos y enchiladas, frijoles refritos, café con leche, pan de dulce, café solo. Luego quiso ir a la escuela de medicina, caminar por Ciudad Universitaria. Caminamos. Me contó su vida en Managua, que ya conocía, pero ni una palabra de su estancia en Las Segovias. Nada de la guerra. Por la tarde, se fue a su primera reunión, de la que no supe tampoco nada. No me importó. La había dado y la daba por perdida. Su presencia era una ganancia sin ilusiones. Una oportunidad de reincidir.

—¿Y reincidiste?

—Sí, claro. Una noche desperté en mi sillón, porque ella dormía en la recámara, y Rayda estaba mirándome, sentada junto. La abracé, y de ahí para adelante.

Pasaba el día en reuniones y comisiones, pero las noches eran mías. Un día quiso contarme de qué se trataba su estadía en México. Me negué. Dijo que tenía que ir a Guadalajara unos días, pero que al volver estaría enteramente libre para mí. Así fue. Pasamos una semana recorriendo pueblos de Morelos en el coche. Un día antes de volver a la ciudad de México a preparar su partida, tuve el acceso de debilidad del que no iba a poder zafarme. Le propuse volver con ella a Nicaragua, encerrarnos en el quirófano popular de Managua y en nuestra propia vida juntos. Me dijo, muy amorosamente, que eso no era posible. No iba a quedarse en Nicaragua. "Hay otras tareas por delante." Reconocí el muro de su Tarea Histórica. Le dije: "Sólo quiero que me prometas una cosa". "¿Cuál?" "Que vas a vivir. Que vas a salir viva." "Voy a vivir de todas formas. Pase lo que pase, voy a vivir: en la vida de los demás." Siguió una letanía sobre los desheredados. Entendí que la temporada en Las Segovias había sido sólo un paso. Se había dado nueva cita con La Revolución en Centroamérica. No había que pensar mucho para saber dónde. El orden del día era la guerra salvadoreña.

—¿Se enroló en El Salvador?

—Ya estaba enrolada, aunque eso lo supe después. Lo que supe entonces es que desapareció. Se fue de mi departamento y de México sin despedirse. No supe más de ella. La hermana Jena dejó de enviarme su nota mensual. Era su correligionaria, pero también la había perdido de vista: Rayda había pasado a la clandestinidad.

Fue el peor año para enrolarse en la revolución centroamericana. El más difícil, el que más necesitaba voluntarios. Ese año llegó a la presidencia de Estados Unidos Ronald Reagan. Reagan decidió que las revoluciones centroamericanas eran un escenario más de la Guerra Fría y que había que contenerlas a toda costa. La Contra prosperó en Nicaragua bajo apoyo estadunidense. El gobierno salvadoreño recibió ayuda abierta y encubierta para liquidar la subversión. La respuesta del FMLN, el Frente Farabundo Martí para la Liberación Nacional, fue un ensayo de insurrección que puso en jaque al ejército y al gobierno, pero no pudo derribarlos. Arrancó entonces la fase más sangrienta de la guerra civil salvadoreña.

Salcido se refugió aquel año terrible en su laboratorio del centro del nitrógeno, fuera del mundo salvo por la diaria lectura de los partes de la guerra centroamericana en los periódicos. Leía obsesivamente las notas de prensa para ver si en algún lado aparecía o podía él adivinar la presencia de Rayda. Iba al dispensario del Ajusco, para hablar con El Vate Valenzuela, quien tampoco sabía nada aunque sospechaba, y lo decía, que Rayda andaba en las filas del FMLN. Las sospechas de

El Vate eran una confirmación para Toño Salcido, pues sabía que El Vate sabía. El doblez de su excompañero de seminario irritaba a Toño, pero al mismo tiempo le daba una seguridad: si El Vate estaba al tanto de todo, su silencio era una buena noticia, quería decir que Rayda estaba bien, corriendo riesgos quizá, pero a salvo todavía.

Por necesidad de ese contacto con El Vate, cuya paradójica elocuencia consistía en no decir nada, Toño Salcido empezó a ir con mayor frecuencia al dispensario del Ajusco. Bajo el mismo principio de que la falta de noticias eran buenas noticias, podía persistir en sus rutinas seguro de que, si algo pasaba con Rayda, El Vate vendría a decírselo. Lo cierto es que iba al dispensario por una necesidad de sustitución. Para entonces, tenía una sola mística en la vida, la mística de la ciencia. Su otra mística había sido Rayda, y la había perdido. Ir al dispensario del Ajusco era una forma de recobrarla, de llenar su ausencia con una mística sustituta. Empezó a ir todos los fines de semana. Luego hizo guardias regulares en el quirófano. Lo consolaba aquella cercanía vicaria con Rayda, y comprobar lo mucho que se podía hacer con tan poco, la diferencia de vida o muerte que podía haber en el tratamiento correcto de una bronquitis, una parasitosis, una deshidratación infantil, una infección venérea. Eran auxilios elementales, pero su dispensa en ese medio era la diferencia entre que alguien muriera o no, la diferencia entre la vida y la muerte. Así de simple. Era atroz constatar las miserias de la miseria, pero era emocionante comprobar lo mucho que podía ayudar con lo poco que sabía. Eso también le parecía trascendente. En cierto modo, era igual de maravilloso que la cadena de la vida natural o las potencias fertilizantes del nitrógeno. También creía tocar el cielo al operar una apendicitis simple o salvar a un bebé de la deshidratación. También en eso había para él un soplo divino, el misterio de la vida natural.

—¿Y las nucas de tus colegas? —preguntó Salmerón.

—De eso bien —sonrió Salcido—. No faltaban pulgas en mi petate. A veces colegas y a veces no. La única manía ermitaña que conservé fue la dieta vegetariana, pero la ejercía sin fanatismo, rompiéndola cada vez que se me antojaba un buen pescado. Conservé también la devoción unívoca por Mozart.

—¿Unívoca?

—Es la única música que podía tolerar en mis meses de andarín. A la fecha es la única música que oigo. En todo lo demás seguí siendo un pecador normal. Pero después de Rayda no tuve ninguna relación amorosa sino hasta que me topé con mi mujer actual.

—¿Cuándo fue eso?

—En el 85. Un año antes de mi último encuentro con Rayda.

—¿Cuántas veces más viste a Rayda?

—Dos. En febrero del 84 y en octubre del 86.

—¿Recuerdas cómo fue?

—Sí, lo tengo escrito. Un domingo en el dispensario, El Vate me dio una carta. "Llegó ayer", me dijo. Era de Rayda. Se disculpaba por enviarme ahí la carta, pero era su única vía "segura". Iba a venir a México y me preguntaba si podía quedarse en mi casa unos días. En caso afirmativo debía ponerle un telegrama a un apartado postal de Colón, Panamá, con un nombre supuesto. Me sublevó constatar la obvia clandestinidad compartida de El Vate con Rayda. Pero le contesté que podía venir cuando quisiera. No pregunté cuándo, porque sabía que no iba a decirme nunca el momento exacto de su llegada. Así fue. Llegó una noche, muy tarde. Tocó en el timbre los tres toques rápidos y los dos largos que era nuestra contraseña de los años en Berkeley. La había olvidado pero la recordé al oírla. Le abrí desde el segundo piso y salí al pasillo a esperarla. Subió a grandes zancadas ambos pisos y apareció de pronto frente a mí. Me costó trabajo reconocerla. Traía una peluca negra y una pañoleta de pizcadora. También me costó trabajo su mirada, al mismo tiempo fría y huidiza. Sonrió, saludó y siguió hacia el departamento, como si le urgiera, digamos, ir al baño. La seguí. Me esperó junto a la puerta. Cuando entré, cerró. Mientras se quitaba la pañoleta y la peluca, me dijo: "Le estás haciendo un buen servicio a mucha gente". Estaba de plano en la clandestinidad. Y se había vuelto la expresión de eso.

—¿En qué sentido?

—Físicamente. La Rayda de ese encuentro era distinta de las anteriores. Fría, enjuta, seca, diría yo. En el trato y en su cuerpo, en la piel. Había sido siempre llena de carnes, de muy buenas formas. Ahora era larga y angulosa, como si hubiera perdido los rellenos. La piel de su cara había sido siempre blanca y tersa, con una blancura saludable. Ahora era una piel translúcida, venosilla, quebrada. Sus manos, lo peor. Descuidadas, lijosas. Tenía una uña negra, casi necrosada. Me preguntó si podía comer algo. Le mostré lo que había en el refrigerador. Se comió unas verduras crudas, con un vaso de leche. Luego recorrió el departamento mirando cada cosa, como si las apuntara. "No te has movido de aquí", me dijo al final. "¿Me perdonaste ya?" "Estás fuera del alcance de mi perdón", le dije. "Mi perdón no tiene importancia." "Lo tendrá para mí cuando todo esto termine", dijo. "Lo que tú llamas *todo esto* no terminará nunca", le dije. "Sí, sí terminará", dijo, mirándome con el primer rastro de emoción que hubo en su rostro desde su aparición en la escalera. "Terminará y habrá una mejor vida para todos, incluidos tú y yo." "Tú y yo ya tuvimos una mejor vida. Y podríamos tener otra juntos, si quisieras." "Tendríamos que ser muy egoístas y no pensar en los demás", me dijo. "Quizá. Pero podríamos pensar un rato en nosotros mismos." "Nosotros ya hemos sido felices, como tú dices. Los otros también merecen una oportunidad.

¿Por qué te ríes?" "Me gustaría que pudieras oírte y mirarte", le dije. "Me miro y me oigo. Sé lo que hago y por qué." Me rendí y cambié de tema. "¿Cuánto tiempo vas a quedarte en México?" "Tres o cuatro días. Pero no necesitas ocuparte de mí. Sólo te pediría que me dieras unas llaves y que me dijeras a qué hora vuelves cada día. Para evitarme sobresaltos, ya me entiendes." "Me voy temprano en la mañana, como a las ocho, y regreso tarde por las noches, como a las diez." "Está muy bien así. No cambies tus horarios por mí." "No los cambiaré", dije.

# Capítulo 6

Durante aquella segunda visita, Salcido volvió a cederle su cuarto a Rayda, y él durmió en el sofá. Es decir, oyó a Mozart en sus audífonos y vio el techo toda la noche. Empezaron después los días desencontrados del reencuentro. Toño salía por la mañana luego de no hablar con Rayda, que se especializaba en oír noticias por la radio y hacerle sentir cuán intrusas eran sus búsquedas de conversación. Regresaba tarde en la noche, como habían acordado. Una vez regresó por la tarde. Había olvidado unos papeles. Apenas abrió la puerta del departamento, saltaron sobre él dos tipos armados. Lo pusieron contra la pared y lo esculcaron, poniéndole el cañón de una pistola en la nuca.

—Está bien, está bien —se oyó la voz de Rayda—. Es el dueño de la casa. Es mi exmarido.

La definición de Rayda agravió a Toño casi tanto como el recibimiento, pero aflojó a los pistoleros en su espalda. Lo soltaron y guardaron sus armas.

—Son compañeros de seguridad —le explicó Rayda—. Cuidan nuestra seguridad y la tuya.

En la sala había otras dos personas. Recogían de la mesa unos papeles, los que estaban discutiendo quizá. Uno de ellos era un hombre pequeño y viejo, con unos lentes de miope y una cara larga, toda ella una colección de arrugas.

—Es un placer conocerlo —le dijo a Salcido, con estudiada modestia, midiéndolo desde sus lentes como lupas—. Disculpe el recibimiento. Pero no lo esperábamos a esta hora, pensamos que podía tratarse de otra cosa.

Había mando en esa modestia. Rayda dijo, con un brillo infantil en los ojos:

—Te presento al camarada Salvador.

Una sombra de rabia cruzó el rostro del camarada Salvador. Rayda la vio y bajó la cabeza: había dicho el nombre de guerra de Salvador a un no iniciado. Peligro potencial de delación.

—Vine por unos papeles —se excusó Salcido—. Perdón por haberlos interrumpido.

—Los que pedimos perdón somos nosotros —dijo el camarada Salvador, con su actuada modestia despectiva.

Uno de los pistoleros estaba ahora atrás de Salvador. El otro seguía cuidando las espaldas de Toño Salcido.

—Están en su casa —dijo Toño, y fue a la recámara por los papeles.

Fue entonces cuando vio, en el hombre que estaba a su espalda, la mirada que había visto años antes en la casa de seguridad de los compañeros de La Liga, la mirada que había cruzado por un momento en la ira contenida de Salvador contra Rayda por haber dicho su nombre de guerra. Era la mirada en busca del enemigo, del ajeno a la causa.

Se fue sin despedirse. Regresó bien entrada la noche, tratando de no toparse con Rayda, pero Rayda lo esperaba despierta. Le dijo:

—Lamento lo de esta tarde, pero no te esperábamos. Si tú me hubieras dicho, no habría pasado nada.

—No tengo por qué decirte cuándo voy a regresar a mi casa —dijo Toño Salcido—. Ni tú tienes por qué meter aquí gente en forma clandestina. Ésta no es una casa de seguridad del FMLN. Sabes perfectamente que estás actuando mal. De eso no voy a discutir, ni voy a aceptar disculpas. Lo que me preocupa es el riesgo.

—No hay ningún riesgo. Tu casa está verificada como lugar seguro.

—Hablo de tu seguridad, no de la mía —dijo Salcido alterado—. No sé quién sea el viejito que te odió por decir su nombre, pero en el grupo de tus compañeros había por lo menos dos matones.

—Las personas que viste hoy aquí son revolucionarios, no matones.

—Los dos que yo vi son ejecutores. Por poco me ejecutan a mí. Es posible que sean revolucionarios, pero también son matones.

—La revolución es una tarea dura. Exige personajes duros —dijo Rayda.

—Velos en otra parte. No los quiero en mi casa.

Al día siguiente, Toño Salcido salió muy de mañana a la universidad. Rayda lo alcanzó en la escalera.

—No quiero quedarme con el recuerdo de tu cara de anoche —le dijo. Salcido debía tener una cara igual o peor a la de la noche anterior, porque Rayda añadió—: Tampoco quiero quedarme con tu cara de ahora.

—No puedo cambiarme de cara. ¿Qué puedo hacer?

—Puedes sonreírme —dijo Rayda, y le sonrió ella, por primera vez en toda su estadía.

Toño Salcido le sonrió también.

—Eso está mucho mejor —dijo Rayda—. Nos vemos en la noche.


—Acaricié la idea de que el incidente pudiera haber quebrado el hielo —le dijo Salcido a Salmerón—. Y de que quizá esa noche tuviéramos una verdadera conversación. Volví al departamento más temprano que de costumbre. Pero Rayda no estaba. Sus cosas tampoco. Estaba todo limpio, ordenado y reluciente. En la sala, sobre la mesa de donde habían recogido apresuradamente los papeles, encontré un recado. Decía: "Me gustó tu última sonrisa. Ojalá te haya gustado la mía. R".

—¿Eso fue en el 83? —preguntó Salmerón.

—El 24 de febrero de 1983. Exactamente un mes antes de mi renuncia al centro del nitrógeno. Una fecha crucial en mi vida. Decidí dejar el laboratorio y pasar de nuevo a la medicina pública, la medicina social. Ese paso me llevó a encontrarme con mi actual esposa, María Amparo, que ha sido como su nombre en mi vida.

—¿Cómo fue el tránsito?

—Más de lo mismo. Conforme Rayda se alejaba, mi gusto por el quirófano del Ajusco crecía. Empecé a quedarme los fines de semana. Llegaba el viernes por la tarde y me quedaba hasta el lunes. Dormía en un catre y atendía enfermos a toda hora, como médico de turno. El lunes iba a la universidad y al laboratorio. Los del fin de semana eran mis días angélicos. Dormía unas cuantas horas y acababa muerto, pero esa fatiga me dejaba en estado de gracia. Era una paz que no podía alcanzar en ningún otro lado, salvo en mi cubículo y en el laboratorio, pero en mi cubículo tenía que tratar con colegas, asistir a juntas. Luego, tenía que volver a mi casa, lidiar conmigo mismo. En el dispensario del Ajusco yo no existía. Había sólo los enfermos y todo el tiempo era para otros, como en Managua. Llegó entonces la oferta del gobierno de ampliar la experiencia de los quirófanos populares a otros lugares de la república. Empecé a salir a esos lugares. Zonas indígenas, colonias perdidas de distintas ciudades. Me acuerdo que empezamos en una comunidad triqui, de Oaxaca. En la sierra. Tenían ya una experiencia de médicos descalzos y medicina comunitaria. En menos de tres meses estaba funcionando su quirófano popular. Abrimos otro en la costa de Guerrero, y otro en Sonora, con la tribu yaqui. Este último fue un desastre. En la primera operación se nos quedó en la plancha la abuela de un cobanahue, un gobernador yaqui. De ahí en más no hubo cómo persuadirlos de la bondad porcentual del proyecto.

—¿La bondad porcentual del proyecto?

—Pues sí: en todo hospital se muere un porcentaje de los enfermos. En nuestros quirófanos ese porcentaje era pequeñísimo, porque hacíamos puras operaciones de rutina. Los casos graves los remitíamos a otros sitios, de modo que nuestros muertos eran prácticamente cero y nuestros éxitos prácticamente todos. Ésa era una de las maravillas del asunto: rara vez tenías que ver ahí con la muerte saliendo de tus manos, con enfermos que se te murieran porque no podías hacer más, como en todos los hospitales. Aquí sanabas prácticamente a todo mundo, porque los enfermos graves o incurables los remitías a otro hospital. De modo que teníamos fama de milagrosos. Y lo éramos, no se nos moría nadie, salvo la abuelita de aquel cobanahue a la que le falló el corazón, casi del puro miedo, mientras le debridábamos un absceso lumbar. Se nos fue en la operación igual que se hubiera ido sin ella. Tuvimos que dar la cara y fallamos ahí, pero tuvimos éxito en otras partes. En un año abrimos cerca de veinte dispensarios con quirófanos y programas de medicina preventiva. Me refiero a hacer letrinas, reducir el fecalismo al aire libre, potabilizar el agua, generalizar rutinas de higiene familiar. La fórmula era un éxito y el éxito demandaba tiempo, a expensas del nitrógeno. Finalmente llegó la oferta de que intentáramos la experiencia en todas las zonas marginadas y los barrios pobres de un estado completo. Nos fuimos de cabeza sobre el proyecto, con El Vate Valenzuela al frente, sintiéndose Albert Schweitzer. Trabajaba noche y día, días hábiles y días festivos, gestionando, organizando, convenciendo gente, encontrando lugares para los dispensarios, pintando, clavando, sableando ricos, persuadiendo. Entre sus persuadidos estuve yo. El Vate fue el alma organizativa y práctica del proyecto, yo fui el alma médica. Como sea, teníamos bastante experiencia en el asunto. Por ejemplo, sabíamos que no había que empezar nunca operando a la abuelita cardiaca de ningún lugareño, como la abuelita del cobanahue. El caso es que en esos trances fue como conocí a María Amparo, mi segunda mujer.

# Capítulo 7

La segunda mujer, sabía por experiencia Salmerón, era siempre el principio de la tercera.

Llevaban casi una hora sentados en el coche frente al hotel de Toño Salcido y Salmerón sugirió que cambiaran de escenario. Salcido estuvo de acuerdo y señaló como alternativa el bar de su hotel, a unos pasos de donde estaban.

—Caminemos un poco —prefirió Salmerón.

Llevó a Salcido hacia la Zona Rosa, en el inicio solicitante de la noche, grávida de ofertas y parejas, hasta el bar que recordaba de años antes, el bar que había convertido en hábito con un viejo amigo, antes de que los dispersara la ciudad. El bar existía aún, pero estaba lleno, al revés de como lo recordaba Salmerón. Le habían crecido unas mesas en la acera, que formaba parte ahora de un andador peatonal por donde corría el desfile eufórico y prometedor de la hora.

El día había sido limpio y frío. La noche era fría y ligera. Podían verse las estrellas como antes, como cuando la ciudad dejaba en sus límites los volcanes y en el cielo las estrellas.

Se instalaron fuera del bar, para mejor sumirse en el anonimato de la calle, y pidieron un brandy. Salmerón preguntó:

—¿Cómo encontraste a tu segunda mujer?

—En la iglesia —sonrió Salcido—. Estábamos en Pachuca El Vate y yo, trabajando en lo nuestro. Un domingo pasamos frente a la catedral y El Vate me dijo, como quien pide permiso: "¿No te importa?". Entramos a la misa de doce. La catedral de esa provincia era la menos exitosa de la República mexicana. No había ni media iglesia en la misa de doce. El Vate se hincó en un trance para oír la misa. Yo me puse a mironear y topé, topé con María Amparo. Estaba mironeándome también, muerta de risa. Años después me explicó de qué se reía.

—¿De qué?

—De mi facha de damnificado. La pobreza es muy ingeniosa para que te veas hecho un desastre. Yo no era pobre, pero a fuerza de verme en el espejo de tanto pobre me les acabé pareciendo. Ese domingo parecía cajón de sastre. Según María Amparo traía una camisa blanca, limpia, que seguramente había lavado el día anterior, y un corbatín de cordones con yugo de metal, más estrambótico que elegante. Arriba de eso me había echado una chazarilla de jerga que era una colección de hilachos. Traía un pantalón de mezclilla que se paraba solo de tanto uso, y un mecate al cinto, en lugar de cinturón. Me había peinado muy bien, restirándome el pelo para hacerme una colita de caballo. Y no traía zapatos, sino guaraches. Pero, eso sí, portaba mis elegantísimos quevedos de présbico (soy un présbico temprano). Los traía colgados al pecho de una cadena de oro. El príncipe mendigo, dijo María Amparo, y le ganó la risa. Yo no veía mi atuendo sino su risa. Me le quedé viendo a su risa, encantado con su diversión. Al rato me estaba riendo con ella.

—Te la ligaste en misa de doce —dijo Salmerón.

—Sólo al principio, lo bueno vino después. Verás: desde que el padre Lomilla nos enseñaba catecismo en mi pueblo, no asistí yo a una ceremonia tan inocente como cortejar a María Amparo Murrieta. Y mira que fui al seminario, creí en la virginidad de María y no hubo en mi familia un matrimonio roto sino hasta que yo rompí con Rayda.

—¿Cómo fue el cortejo?

—Convencional: diáfana, radical, insuperablemente convencional. Aquel domingo en la iglesia, después del gloriam, El Vate se dio cuenta de que yo estaba sobre María Amparo y me dijo: "La conozco. No se te vaya a ocurrir acercártele solo". María Amparo venía con su mamá y una tía grande, casi una abuela. Su madre era la última nacida en una familia de dieciocho, siete hombres y once mujeres. La mayor de las mujeres, doña Ascensión, le llevaba veintidós a la menor, doña Arsenia, la mamá de María Amparo. La de María Amparo era lo que se llama una familia decente, crecida en el temor a Dios y el amor a sus creaturas. El padre se ganaba el pan con una notaría de pobres. La había heredado de su padre, y éste del suyo. Por el lado materno, María Amparo tenía un tío y un hermano curas, y varias primas monjas. La familia era del círculo de relaciones del señor obispo, a su vez primo segundo del papá de María Amparo. El Vate conocía a la familia y al obispo. Conocía también al rival del obispo en la plaza, el jefe de la misión dominica, por supuesto pariente del obispo. El jefe dominico estaba comprometido socialmente, como Rayda y El Vate, pero no como el obispo. Para el señor obispo, la primera y última virtud de su grey no era la fe, sino la resignación cristiana. "La verdadera resignación incluye la fe", decía el señor obispo. Había hecho su escoleta en teología. "La resignación es una casa más ancha que la fe", decía. "Menos proclive al pecado de soberbia, que es el pecado de Luzbel y de los jesuitas." Agregaba después, con el retintín del caso: "Y de los dominicos".

—¿Cómo fue el cortejo?

—El Vate fue con su paso de santo varón a saludar a doña Águeda y a doña Arsenia, tía y madre de María Amparo. Hablaron luego unos minutos largos a la salida de misa, en el atrio, mientras María Amparo y yo nos mirábamos a sus espaldas y volvíamos a reír por razones que yo desconocía. Así se pactó el cortejo. Se hizo formalmente el compromiso de que podía visitarla. Venía del campo a verla todos los fines de semana, a las horas que autorizaban sus padres. Nos sentábamos en la sala de su casa, acompañados por la tía Ascensión, que era soltera y vivía con ellos, y por El Vate Valenzuela, que vino las primeras veces. No podíamos estar solos sino en los cruces que inventaban nuestros ojos. Nos mirábamos en los descuidos de la tía Ascensión que cabeceaba, sesteando, por la tarde. No es por dártelo a desear, pero lo cierto es que cada semana, de sólo entrar a esa casa, la más pudibunda y recatada del Altiplano, y disponerme a la escena arquetípica del noviazgo en la sala, tenía una erección severa, lo que se llamaría en lenguaje técnico una compacta y masiva irrigación de las cavernas inguinales.

—La sexualidad transgresiva —se rio Salmerón.

—Palabrotas, mi amigo. María Amparo era de verdad. La prohibición hacía su parte, pero la promesa que había en su actitud encendía a cualquiera. Una tarde, luego de tomar no sé cuántos vasos de agua de tamarindo, doña Ascensión se quedó dormida. El Vate había ido al baño. María Amparo se puso nerviosa y quiso salir de la sala también, con cualquier pretexto, para evitar nuestro primer momento solos. Tuvo que pasar junto a mí, porque su tía Ascensión, dormida, le bloqueaba el otro lado. Tuvo también que pasarme cerca, porque no quedaba espacio entre el sillón donde yo estaba sentado y la mesa de centro de la sala. Me puse de pie y ella pasó apenas, de espaldas, por delante. Tan apenas, que oí el roce de sus medias. La abracé por atrás. Se dio la vuelta y me dejó besarla por primera vez. Jadeaba, pero me dijo: "Me vas a sacar por la puerta de esta casa como tu mujer con todas las agravantes. Quiero ser tu mujer por todas las leyes, o por ninguna". Así fue. Mi madre vino de Reynosa a pedir la mano de María Amparo, en compañía de El Vate Valenzuela. Yo me le propuse antes, formalmente. Le di un anillo con un brillante cuando me dijo que sí. Fijamos fecha razonable, dando tiempo a que su familia planeara la boda. Conseguimos una casita modesta. Mandamos a hacer tarjetas de invitación. Se corrieron las amonestaciones. Fuimos a los cursillos para parejas que el señor obispo organizaba. Se convocaron amigos, familiares y maestros. Luego de una puntillosa revisión de alternativas, fue alquilado el Club Campestre. La boda civil fue una semana antes, para marcar la diferencia con el fiestón de la eclesiástica. Finalmente, el 22 de noviembre del año del señor de 1985, María Amparo Murrieta Velarde fue mi mujer por todas las leyes.

—Por la Iglesia, por lo civil y por pendejo —dijo Salmerón, repitiendo contra su voluntad el chiste tópico.

—Eso mismo le dije a María Amparo, al día siguiente. Y ella me dijo: "No: por la Iglesia, por lo civil y por la cama". Y así fue.

—¿Como con Rayda?

—No —se rio Salcido—. Como con Rayda, no. No en el aspecto erótico. Pero superior en todo lo demás. María Amparo ha sido mi mujer de punta a rabo: mi novia, mi amante, mi mamá y la mamá de mis hijos. Con todo su cuerpo y con todo su corazón. Ha sido una esposa libre y una madre feliz. El primero, Toñito, apenas se lo insinué. Le dije una noche como sin venir a cuento: "¿Sabes que siempre he querido tener un hijo?". Y me contestó: "Tus hijos son lo único que yo quiero tener, además de ti". Unos días después llegó con sus análisis de sangre, sus chequeos ginecológicos, etcétera. Me dijo: "Tengo sólo una deficiencia de hierro y de calcio. Y debo dejar de fumar. Pero ya me quitaron el diafragma. Voy a empezar a hacer ejercicio y a mejorar mi dieta". Eso hizo. A los dos meses, llegó con la nueva: "Vamos a tener un hijo". Seguimos el desarrollo de ese hijo desde que era embrión. Lo seguimos en libros, en síntomas, en conversaciones interminables. Anotamos las fechas en que según nosotros pudo empezar a oír, cuando tuvo completos los pulmones y los genitales, formadas las manos y sus huellas, las costillas, el esternón, el cartílago nasal. Volví por ese camino a la fascinación por la naturaleza. Podía pasar la noche en vela repasando la evolución del bebé. Por primera vez en esos días tuve preocupación por el dinero. La idea de darle seguridad al hijo que venía se volvió una obsesión. Es el sentimiento conservador más fuerte que he tenido en mi vida. Precisamente en ese tiempo, como para aprovechar mis temores, me llegó la oferta del trabajo que me tiene donde estoy. El gobierno de mi estado natal me invitó a dirigir sus programas de medicina comunitaria. Se disculparon al plantear el sueldo, como si me afrentaran por su modestia. Pero se trataba de una cantidad siete veces mayor de lo que yo hubiera ganado. Lo único malo era que teníamos que mudarnos de ciudad. Pensé que, a los cinco meses de embarazo, la mudanza sería intolerable para María Amparo. Pero no bien le conté, empezó a sacar maletas: "Vámonos antes de que llegue el octavo mes y sea una inútil para la mudanza". En tres días empacamos lo que podíamos empacar y la emprendimos rumbo a mi tierra. Trabajé dos años en la dirección de medicina preventiva de mi estado. Al cambio de gobierno, me ascendieron a la dirección general de salud. De modo que mi hijo trajo torta bajo el brazo. Yo lo recibí al nacer en el quirófano. Le limpié yo mismo la sangre y le corté el cordón. Casi lo lamí, antes de ponerlo en brazos de su mamá.

# Capítulo 8

Un silencio pasó entre los amigos celebrando el nacimiento del hijo de Salcido, deteniendo sus emociones.

—¿Qué pasó con Rayda? —volvió Salmerón.

—La vi una segunda y última vez, como te dije.

—¿Dónde?

—En un barrio popular de la ciudad de Guadalajara. Me había invitado el gobierno local a conocer sus programas sociales. En medio de la pequeña batahola de una gira oficial, allá, en el lindero de una plaza pelona que acababan de asfaltar, junto a unos basurales, me pareció verla. Mejor dicho: vi a Rayda doblar una calle y entrar a una vecindad. Cuando terminamos la visita, me desprendí de mi anfitrión y fui a la vecindad. Anduve husmeando un rato. La vi salir de una vivienda del frente, y caminar rápidamente a la calle, como si huyera. Me miró como a un fantasma. Lo era, supongo. "No, no", me dijo, agitando los brazos frente a su cara, como queriendo diluir la aparición. "¿Qué haces aquí?", le dije. Me empujó y volvió corriendo a la vecindad de donde había salido. La alcancé: "¿Qué haces aquí?", insistí. "Te digo que no", repitió Rayda, empujándome ahora sí con fuerza. Tanta, que fui a caer a mitad de la calle. Se formó la rueda de curiosos que no faltan. Me levanté y volví a la vecindad, pero la había perdido. Fui tocando puerta por puerta de la vecindad, sin resultado. Iba a empezar la segunda vuelta cuando uno de los curiosos, un hombre alto y mal encarado, con acento costeño, se acercó y me dijo de modo muy convincente: "Yo creo que a usted le toca retirarse, compañero". Entendí que había topado con La Organización.

—¿Cuál organización?

—Nunca supe bien en cuál andaba Rayda. Pero una de las organizaciones del Frente Farabundo Martí.

—¿Qué andaba haciendo el Frente en Guadalajara?

—No lo supe en ese momento. Deduje que había topado con ellos por el estilito. Lo confirmé plenamente días después, con El Vate.

—¿Qué tenía que ver El Vate en eso?

—Tener que ver, nada. Saberlo, lo sabía todo.

—¿Es decir?

—Todo. Mi reacción instintiva después del incidente fue llamarlo para pedirle información. Acerté: lo sabía todo.

—¿Es decir?

—Todo. Le dije por teléfono: "Acabo de ver a Rayda en una colonia proletaria de Guadalajara. Me quieres decir ¿qué carajos anda haciendo en México?". "¿Cuándo la viste?", me preguntó. "Esta mañana. Quiero que me digas qué hace aquí." "Por teléfono, no", me dijo El Vate. "¿Entonces cómo? ¿Por telepatía?" Le estaba llamando a su ciudad desde Guadalajara, a quinientos kilómetros de distancia. "Regresa a Reynosa y yo te voy a ver en cuanto pueda. Esta semana, sin falta. Para explicarte." Volví a Reynosa. Y El Vate vino a verme. Llegó grasoso y empolvado de manejar nueve horas, pero no quiso descansar. Tenía que regresar de inmediato, según explicó. No me dijo por qué. "Sólo vine a hablar contigo." "Me pudre esta mierda conspirativa", le dije. Había manejado nueve horas de carretera y manejaría otras nueve de regreso sólo para decirme en persona la situación de Rayda. Agregué: "Ya sé de qué se trata lo de Rayda. No necesitabas venir a decírmelo con tu cara de jesuita responsable. Sé exactamente lo que pasa. Anda sirviendo en uno de esos hospitales clandestinos que tú y el gobierno mexicano ayudaron a crear. Ya lo sé. Y ha llegado al extremo y a la caricatura de venir clandestina a su país y rechazar a su marido si lo encuentra en la calle". "Puede ser", dijo El Vate. "Pero si de algo sirve, te recuerdo que Rayda no es ya tu pareja. Llevas dos años casado con María Amparo." Me sublevó la contundencia de su respuesta y me salí por la política: "¿Me quieres decir qué carajos anda haciendo el gobierno de México patrocinando hospitales clandestinos del FMLN?". "No puedo hablar por el gobierno, pero el gobierno no anda patrocinando ningún hospital del FMLN", dijo El Vate. "¿Entonces qué anda haciendo Rayda en Guadalajara? ¿Y por quién *sí* puedes hablar? ¿Algún día podrás hablar por ti mismo? ¿Por quién hablas? ¿Quién eres tú en este carnaval?" "Yo vine a contarte en persona lo que no podía decirte por teléfono", dijo El Vate. "No vine a comparecer en tu tribunal. Vine a decirte lo que sé. Pero parece que ya lo sabes todo. Y lo que no sabes, lo inventas." Tenía razón El Vate. Estaba tan fuera de mí que ni siquiera lo había dejado hablar. Me serené y me fue contando. No había mucho que agregar a lo que yo había deducido. En efecto Rayda estaba sirviendo una temporada en una clínica privada donde atendían heridos del FMLN, que el gobierno mexicano ayudaba a sacar de Centroamérica. El Vate había intentado aprovechar la presencia de Rayda en México para convencerla de que fuera desescalando su nivel de compromiso con la guerrilla. El resultado había sido adverso, incluso contraproducente. "Está más metida que nunca", me dijo. "Y lo que puedes esperar es más involucramiento, no menos." Comió y se regresó. Yo tuve una crisis severa de la que María Amparo sólo percibió una proclividad inusual al silencio. Inventé una misión del trabajo y me fui a meter en un hotel días. Pasé tres días encerrado sin hacer nada, mirando al techo, preguntándome quién era. Así nada más. Como si de repente mi propio nombre hubiera dejado de tener sentido. ¿Te acuerdas de aquellos versos de García Lorca cuando se extraña de su nombre?

—No —dijo Salmerón.

—El poeta está tirado en la vega de un río mirando pasar el viento —dijo Salcido— y empieza a pensar en él y, de pronto, dice:

> *Llegan mis cosas esenciales.*
> *Son estribillos de estribillos.*
> *Entre los juncos y la baja tarde,*
> *¡qué raro que me llame Federico!*

—Versos de extrañamiento adolescente —dijo Salmerón.

—Pues así estuve yo. Extrañándome de llamarme Antonio, mirando el techo y diciéndome: "Si quitas tu nombre y el de Rayda y los otros nombres, ¿qué queda? ¿Quién eres? ¿Dónde estás? ¿A qué perteneces?". Pasó el extrañamiento a los tres días. Y volví a mi casa y a mi nombre.

# Capítulo 9

Eso era el año 87, aclaró Salcido. Su gran año como burócrata de la salud pública. El año en que potabilizaron el agua de todo su estado y erradicaron las endemias que quedaban y que se habían mantenido, marginales pero estables, durante las últimas tres décadas. Fue ascendido de director a secretario de salud del estado. Trabajaba como un poseído, discutiendo todo el tiempo en su cabeza con aquellos hospitales clandestinos donde podía seguir Rayda, compitiendo con ella en una estadística imaginaria de redención. ¿Quién repartía más bienestar? ¿Rayda en la guerrilla o él en su acción de salud pública desde el gobierno? Salía ganando sobradamente con las cifras de su acción pública sobre la acción de Rayda en la revolución nicaragüense y en la revolución salvadoreña. Aquí, en su trabajo de burócrata poseído, sin necesidad de hacer La Revolución ni romperlo todo para poder componerlo todo, en el centro de una sociedad desigual y miserable como

la mexicana, atendía más gente, curaba más enfermedades y daba servicios de salud a más niños, jóvenes,
mujeres y ancianos que en toda la revolución centroamericana. Y no había que matar a nadie para que eso
fuera verdad.

Competía con Rayda en un torneo sin término.
Nada era suficiente para vencerla, para acabar de admi-
tir dentro de sí que el camino de Rayda era absurdo y el
suyo no. En el fondo, nada era suficiente para aligerar
que la entrega de Rayda a su causa arrojaban las paleta-
das de culpa sobre él, como si le reprochara con ello, a la
vez, su incapacidad amorosa para retenerla y su tibieza
política para seguirla. Como si tuviera que demostrarle
algo, como si fuese él quien estuviera en falta, el obliga-
do a reparar. Era también una especie de carrera contra
el tiempo. Como si cada logro de salud pública que Salcido alcanzaba como burócrata, pudiera acercar a Rayda a la persuasión de abandonar la guerrilla y poner su
vida en otra cosa, en otra compulsión. En la compulsión, por ejemplo, que Salcido tenía para los asuntos de
su cargo burocrático. Era, en síntesis, como si Toño Salcido estuviera trabajando por ella, demostrándole lo que
podía hacerse, cumpliendo su tarea mientras ella acepta-
ba su equivocación y venía a hacerse cargo.

Entonces, un día, el día menos pensado, llegó para
Toño Salcido el más esperado y el más sorpresivo tele-
fonazo de su vida. Fue una llamada de la Secretaría
de Relaciones Exteriores preguntándole si reconocía

como su esposa a una persona llamada Raquel Idalia Valenzuela.

—Fue mi mujer —contestó—. ¿Por qué?

—La tenemos reportada como su esposa legal —precisó el funcionario—. ¿Están ustedes legalmente casados?

—No —dijo Toño Salcido.

—¿Tiene usted conocimiento de algún familiar directo de la señora Valenzuela? —preguntó el funcionario.

—Sí —respondió Toño, pensando en El Vate, su primo—. ¿Pero de qué se trata? No soy su marido legal, pero fui su pareja muchos años.

—¿Podría usted identificarla? —preguntó el funcionario.

Lo sabía desde el principio, pero hasta entonces entendió. Se dejó caer en el sillón de su escritorio y le pidió al funcionario del teléfono que le contara. Le contó. Raquel Idalia Valenzuela había sido reportada a las autoridades mexicanas como muerta en un combate en El Salvador. Entre sus papeles había aparecido el pasaporte mexicano. El gobierno salvadoreño había notificado su muerte a la embajada.


—¿Cómo dieron contigo? —preguntó Salmerón.

—El pasaporte de Rayda llevaba escrito mi nombre en el renglón correspondiente a quién notificar. En los archivos de la Cancillería constaba también mi nombre, como marido, en la solicitud de pasaporte de Rayda. Ahí se me reconocía como esposo, aunque no lo fuera ya. La versión oficial salvadoreña le había parecido insatisfactoria al encargado de negocios, que estaba al frente entonces de la embajada mexicana en San Salvador, un muy buen tipo, Gustavo Iruegas. El cuerpo de Rayda había sido entregado casi tres semanas después de su muerte, en estado de descomposición. Según el gobierno salvadoreño, Rayda había caído en el curso de una batalla cerca del volcán de Masapa. La batalla había sido, en realidad, una sucesión de escaramuzas. Había durado casi un mes. Había sido tan intensa y tan continua que ninguno de los bandos había podido recoger sus bajas.

—¿Por eso entregaban el cuerpo con tanto retraso?

—A eso atribuyó el gobierno salvadoreño la tardanza. La embajada mexicana recibió una versión muy distinta de parte del FMLN. Rayda no había caído en ninguna batalla. Había sido sorprendida en un hospital de guerra. El ejército salvadoreño había ejecutado a todos los heridos. Y al personal médico. A Rayda, lo mismo que a una monja enfermera, las dos únicas mujeres del lugar, las habían violado y ejecutado después. Para borrar las huellas, hicieron un solo entierro con todos los cadáveres del hospital clandestino. Así quedaron las cosas dos semanas, hasta que un oficial de inteligencia, revisando los papeles decomisados en el hospital de campaña, descubrió que Rayda era mexicana, que el FMLN haría una denuncia y México una protesta. Trataron entonces de volver a Rayda una guerrillera caída en combate y pusieron el cadáver a disposición de la embajada, anteponiendo un requisito para su entrega: que hubiese una identificación plena del cuerpo por un familiar inobjetable. La identificación elemental por huellas dactilares era imposible, porque el cadáver apareció sin manos.

—¿Caída en combate, sin manos? —respingó, Salmerón.

—Así lo presentaron. Pienso que más que para exculparse, lo hicieron para afrentar al gobierno mexicano al que veían, correctamente, como un enemigo. Era una forma de decirles: "Aquí están tus connacionales metidos en este baile salvadoreño. Así los tratamos, mira, y a ustedes también: como nos da la gana". El asunto es que necesitaban un familiar que identificara a Rayda y por eso me preguntaban si teníamos aún un vínculo legal. "Tengo sus placas dentales", dije, mecánicamente. "Puedo enviárselas hoy mismo. Tiene también una operación de apéndice, y una de quistes en el ovario derecho. Puedo mandarle las constancias médicas de eso." El funcionario agradeció las evidencias, pero preguntó al final lo que le interesaba: "¿Puede venir usted a identificarla?". Fue entonces cuando me doblé. "No soy su pariente", dije, luego de pensarlo un rato. Y me sumí en mí mismo, aceptando hasta ese momento la evidencia, terrible e irreparable, de la muerte de Rayda. Temblaba de rabia y de miedo avergonzado de mi negativa. "Voy a darle el teléfono de su primo", le dije, más práctico y cobarde cada vez, y al mismo tiempo impávido, como un médico diagnosticando el cáncer terminal de su propio organismo. Le di el teléfono de El Vate. Busqué después en mi archivo de Rayda los papeles y placas que había prometido. Escribí una nota: "El cuerpo debe presentar también una callosidad por fractura infantil de fémur en la extremidad derecha, debida a caída de un caballo". Luego le llamé a El Vate para darle la noticia. Repetí mecánicamente lo que había oído, contra el silencio sepulcral al otro lado. "No puedo ir a identificarla", le dije. "No podría soportarlo. Te pido que vayas tú." "Yo no te dejaría que fueras", me contestó El Vate, comprensivo y jesuita, al final de un inmenso silencio. Supe que lo decía de corazón, pero que el corazón no le alcanzaba.

# Capítulo 10

El cadáver de Rayda llegó a la ciudad de México a fines de enero de 1989, dijo Salcido. Casi dos meses después de su muerte, de su asesinato. Lo trajo El Vate Valenzuela, su primo. Antonio Salcido fue a recibirlos. No había nadie más, salvo el reportero de un diario de izquierdas. Empezó a interrogar a El Vate con la panoplia habitual.

—¿Esto es parte de la represión salvadoreña contra el pueblo? ¿Éste es un desafío del gobierno represivo salvadoreño contra el gobierno de México por su solidaridad?

Por primera vez, Salcido vio a El Vate irritarse con la cantaleta.

—Es el cuerpo de una mujer muy querida para mí —dijo. Y ante la insistencia del reportero, explotó—: ¡Está muerta, carajo! ¡La mataron! ¿Qué más quieres que te diga?

El Vate firmó los trámites de entrega. Pasaron con el ataúd a una sala del aeropuerto que había apartado la Cancillería. Aquella sala impersonal hizo las veces de capilla ardiente, porque ahí pasaron la noche, velando, en espera del avión que iba a llevarlos al día siguiente a Reynosa, la ciudad natal de Rayda, la ciudad también de El Vate y de Toño Salcido. Fueron los únicos deudos de ese velorio fantasmal durante el que cruzaron sólo unas pocas palabras. Las dijo El Vate Valenzuela, sollozando, en cuanto se fueron los empleados del aeropuerto y el funcionario de la Cancillería, y pudo quedarse a solas con Toño Salcido. Dijo:

—La hicieron pedazos, Toño. La hicieron pedazos.


—Sólo eso pudo decir —dijo Salcido—. Siguió sollo-zando y yo lo acompañé. La enterramos en mi tierra, en nuestra tierra, al día siguiente. Fueron al entierro todos sus contemporáneos de la escuela. Hasta el gobernador se dio una vuelta. Estuvo presente también don Clemen-te, su padre. Todo el tiempo callado, en su silla de rue-das, mirando a ninguna parte. Fuimos a dejarlo a su casa después del entierro, una inmensa casa de siete recáma-ras. Cuando lo pusimos en manos de su enfermera y su chofer, le tomó el brazo a El Vate y lo acercó hacia él para preguntarle: "Dime, sobrino: ¿Tu prima murió por algo que vale la pena, no?". "Sí, padrino", le contestó El Vate. Por la noche, en el hotel, me dio el paquete.

—¿Cuál paquete? —preguntó Salmerón.

—El paquete de Rayda. Lo que le recogieron a Rayda en el hospital de campaña. Lo entregaron en la embajada los servicios de inteligencia salvadoreños como una muestra de "buena voluntad política".

—¿Y qué tenía el paquete?

—Un cuaderno de notas, lo que puede llamarse un diario. Y una foto de Rayda en Berkeley. Conmigo.

—¿Qué decía el diario?

—Pocas cosas, las mismas cosas. Casi todas para mí.

—¿Es decir?

—Eso. Pocas y las mismas cosas, casi todas para mí. Era una agenda de las que comprábamos cuando estuvimos juntos en Berkeley, *day-at-a-glance*. Y ahí venía: "February 13: Pensando en Toño. June 3: Simplemente Toño. September 17: Cuando esto termine, un hijo con Toño." Como si hubiera anotado ahí sólo los días en que pensó en mí. El cuadernito tenía ciento setenta y tres entradas.

—¿Cuántas?

—Ciento setenta y tres.

—¿En cuánto tiempo?

—Era la agenda del año de 1988.

—¿Sólo de ese año?

—Sólo ése.

Pasaron cuatro mujeres con los pelos al aire, mirándolos como si quisieran quitarse las ropas.

—Son varoncitos —dijo el mesero, que pasaba también.

—Para ser varones, tienen todo en su lugar —dijo un misántropo vecino de mesa, temblando de frío, pero con ánimo de juerga, al revés de Salmerón y Salcido, que mantenían rescoldada y caliente su mesa con su diálogo.

—Esa noche, la segunda de nuestro duelo, discutí con El Vate. En lugar de consolarnos, discutimos.

—¿Qué discutieron?

—Nuestros pendientes.

—¿Es decir?

—Dormimos en el mismo hotel, en el mismo cuarto. Estábamos acostados los dos mirando el techo, en dos camas gemelas, y a El Vate no se le ocurrió mejor cosa que rezar laicamente, como rezaba él. Es decir: hablando sus pensamientos. Dijo: "Fue secuestrada por el amor a Dios y la causa de la justicia". "¿Quién?", pregunté yo. "Rayda", dijo El Vate. Y repitió: "Fue secuestrada por Dios y su amor a los pobres, por el Dios que quiere la justicia en la tierra". Me encabronó esa idea. Me había encabronado siempre, o casi siempre. Me refiero a la idea que estaba detrás de la vida de El Vate. La idea de salvar a los demás, de redimir a los otros. Le dije: "Mira, cabrón: entre jesuitas no se lee la buena ventura. Me cago en tu Dios justo que secuestra nuestras vidas para pavimentar su causa. Lo único cierto de ese Dios que usa a los hombres, son ustedes, los que se creen sus instrumentos. Me cago en ese Dios instrumental y en sus instrumentos. Rayda no fue secuestrada por ese Dios ingeniero en el que tú crees. Fue secuestrada por ustedes, los albañiles de una obra divina inexistente. Fue secuestrada por ustedes, que se la pasan pudriendo a otros con el cuento de que hay misiones redentoras, y de que ustedes saben cuáles son. La diferencia es que los verdaderos conversos, como Rayda, van y entregan su vida, mientras ustedes siguen aquí, a salvo, a un lado de la muerte y el sacrificio de otros, siempre un muerto antes de que les toque a ustedes". Me le fui encima con esa filípica un buen rato, añadiendo y repitiéndole lo mismo, con unas pocas variantes. Cuando acabé de hablar, oí el llanto y los quejidos de El Vate Valenzuela, como si en vez de a palabras lo hubiera agarrado a golpes.

—¿Qué dijo?

—Nada. No dijo nada. Yo salí a dar una vuelta. Cuando regresé al motel, se había ido. Esperé toda la noche a que regresara, hasta la mañana. Finalmente, recogí mis cosas y me fui yo también. Tenía una casa a donde volver, una mujer y un hijo. Cuando cerré la puerta del cuarto del hotel, aunque llevaba la agenda de Rayda en la mochila, tuve la muy física impresión de que dejaba un mundo atrás, de que había terminado al fin con eso. No fue así, desde luego. Porque acaba de cumplirse un año de eso y lo sigo rumiando, como puedes atestiguar tú que me has aguantado todo el día y la mitad de la noche con esta historia.

—Contarla es una forma de conjurarla —dijo Salmerón, sin otro lugar común a la mano.

—Es una forma de perpetuarla también —dijo Salcido—. Hoy que íbamos por la carretera y veía los volcanes ahí enfrente, iba pensando en Rayda, y en mí, y en El Vate, y me iba diciendo: *Al final lo único que existe es ese tiempo de los volcanes. En el horizonte de ese tiempo nosotros somos una sombra, un cambio en las nubes del día. Y, sin embargo, esto es lo único que tenemos: nuestra pequeña vida, nuestra pequeña muerte.* La verdad, yo no tenía razón en mis reclamos contra El Vate. Él no tenía la culpa del destino de Rayda. No era El Vate quien la quería sacrificada por la causa. Era ella la que quería ir siempre más allá, la que quería morirse. Nadie la secuestró sino ella misma. La secuestró la otra Rayda que había dentro de ella. Me abruma todavía pensar que viví con Rayda tantos años sin ver a la enana monstruosa que la comía por dentro. ¿Quién amaba a esa enana? ¿Quién la alimentaba con su amor?

Bebieron un último trago, en silencio. Luego, Salmerón escuchó por última vez en el día la voz de Toño Salcido:

—Hablar cura, pero el llanto es llorón.

En efecto, unas lágrimas inadvertidas temblaban en los ojos de Salcido. Caminaron juntos de regreso, hacia el hotel y el coche, por las calles oscuras, punteadas de bares y travestis, Toño con su historia radical adentro, Salmerón contaminado por el poder oscuro de aquella historia, purificado por ella, como acaso contarla había purificado a su amigo. Toño caminaba mirando al piso, las manos en los bolsillos para defenderse del frío, ajeno a la solicitación de la calle. Salmerón pensó que llevaba su luto bien guardado adentro, que era propietario cabal de la pérdida a la que le había brindado la hospitalidad insatisfecha y culpable de su alma.

# Capítulo 11

Pasaron los meses. Una mujer vino y se fue. Salmerón fue visitado por la edad y la lujuria, por la tentación de la melancolía y la cura de la amistad, pero no volvió a saber de Toño Salcido sino en la primavera de 1991, dos años después de aquella despedida nocturna, cuando el correo trajo una carta leve, sorpresivamente fechada en Berkeley, California. Decía:

*Como verás, he vuelto a Berkeley. Ahora, con María Amparo. Renuncié a mis tareas redentoras en el gobierno del estado y a muchas otras cosas. He vuelto al laboratorio. Nos instalamos aquí (o cerca de aquí, en Oakland), como si la vida empezara. Quemamos nuestras naves. Andamos ligeros de equipaje, como quería el poeta. Hay, además, una ligereza especial en el aire de estas bahías —la niebla incluida—. Tiene que ver con la confluencia de mareas y corrientes de aire. Tiene que ver también con nosotros y con nuestro termostato*

*interno. Nada nos oprime. Es la sorpresa de la vida*
*renovándose, sin planearlo de más. Chamba nueva,*
*vida nueva. Trabajo en el departamento de investiga-*
*ción biomédica de uno de los hospitales de la univer-*
*sidad. No hago sino laboratorio y vida familiar. Es una*
*doble concentración única —la felicidad a que puede*
*aspirarse—. Si te animas a venir por aquí, no dejes*
*de tocar nuestra puerta.*

La carta le pareció a Salmerón, convaleciente de un
año de pérdidas, el aviso prometedor de un cambio.
Le pareció, al mismo tiempo, el seguimiento puntual
de aquella noche y aquella historia, todavía frescas en
su recuerdo. Luego de dejar en su hotel a Salcido, lleno de la ausencia de Rayda, Salmerón había pensado
muchas veces que la condición de soldado de la salud
pública elegida por su amigo era sólo otra forma de su
devoción por Rayda, el altar donde Salcido oficiaba,
como el sacerdote que no pudo ser, en memoria de la
mujer que no pudo salvar. Seguía acompañándola en
la ceremonia diaria de posponer su propia vocación
para cumplir la de ella, como si Rayda siguiera pesan-
do en Salcido, exigiéndole sacrificarse por los otros.
Y como si él tuviera que pagar ese precio para aca-
llar el reclamo, para atenuar su culpa por la tumba sin
cerrar de Rayda, verdadera tumba sin sosiego. Salmerón celebró el cambio, la decisión de Toño de quemar
sus naves y mudarse a Berkeley. Le pareció el adiós

final de su amigo al espejo tributario de la muerte de Rayda.

Ya que no el final de la historia que celebró Salmerón, aquella mudanza fue al menos el principio de un viaje virtuoso de Toño Salcido por los circuitos de la investigación biomédica. Un año después de su mudanza a Berkeley, en 1992, Salcido aceptó un puesto como investigador de tiempo completo en la escuela de medicina pública de la Universidad de Columbia, en Nueva York. En la primavera siguiente, su mujer dio a luz de nuevo, esta vez una niña a la que, de común acuerdo, le pusieron Raquel. Salcido escribió en una carta:

*Te imaginarás en memoria de quién la bautizamos así. Rayda dejó de ser una asignatura pendiente. Llamar con su primer nombre a nuestra hija es el síntoma final de nuestro arreglo de cuentas con ese pasado. Por lo demás, como probablemente sabes, la Universidad de Columbia es colindante con Harlem, está sitiada por el gueto y sus convulsiones. El hospital donde trabajo queda en los linderos, muy cerca de lo que fue un hermoso parque y hoy llaman Needle Park, porque es el territorio de la heroína y la jeringa. Parte de la clientela del hospital es la gente del gueto. Ayer nació una bebé negra con síndrome de abstinencia. Hay algo peor y más violento que nuestra pobreza: la pobreza de los*

*guetos americanos. Les desearía una pobreza de corte*
*mexicano o nicaragüense. Trato de no mirar hacia allá,*
*aunque es imposible no mirar. Trato de mirar sólo por*
*el microscopio. Lo que veo por ese aparato es lo único*
*que tiene realidad para mí —aparte de mis hijos y mi*
*casa—. Y esa realidad canta, tiene y da todos los secre-*
*tos. Para ser un científico me pongo bastante cursi, lo sé.*
*Pero eso canta.*

A vuelta de correo, Salmerón le remitió a Salcido una
lista de alumnos mexicanos y descubrimientos neoyorquinos que había hecho el año anterior, durante
el trimestre que había pasado como profesor visitante
justo en la Universidad de Columbia.

Cuando vino la rebelión de Chiapas, en enero de
1994, Salcido llamó por teléfono:

—¿Qué le recuerda este brote, maestro?

Salmerón nadaba entre periódicos y apuntes tratando de descifrar la madeja.

—Me recuerda aquellos brotes.

—Espero que no haya ninguna Rayda entre ellos
—dijo Toño.

—No parece haber ninguna —respondió Salmerón, aunque en sus cuentas, luego de darle la vuelta a
todas las pistas, había al menos una.

Le preguntó a Salcido por su vida, por su mujer y
sus hijos.

—Me separé de ellos hace un año —contestó Salcido, como si le informara del clima en Nueva York—. Lo hicimos bien. Están felices solos. Mi mujer ha encontrado una pareja. Se casarán en el otoño. Mis hijos tendrán dos padres en lugar de uno. Yo les doy la mitad de mi sueldo, y todos mis extras. Voy a seguírselos dando.

—No entiendo —dijo Salmerón.

—Nos separamos de común acuerdo —dijo Salcido—. Es una historia larga. Te la contaré cuando vengas a visitarme. ¿Cuándo vienes?

—No entiendo nada —repitió Salmerón.

—Al principio yo tampoco —convino, alegremente, Salcido—. Pero la naturaleza entiende y decide por encima de nuestras entendederas.

—Con esas reflexiones acabaré entendiendo menos todavía —dijo Salmerón.

—Lo entenderás cuando te lo cuente. O cuando sea el tiempo de entenderlo. Créeme que estuvo bien. No hubo ni hay drama. ¿Tienes previsto un viaje a Nueva York?

—No —dijo Salmerón.

—Serás el único mexicano en ese caso. Todo México tiene previsto un viaje a Nueva York. Eso es lo único intolerable de esta ciudad. Pasa por aquí tres o cuatro veces todo el mundo. Los nicas, los salvadoreños, los políticos, los curas, los jesuitas, los obispos. Y El Vate. No he visto ni quiero ver a nadie. Sólo recibo sus mensajes diciéndome que andan por aquí. Si tú vienes, será distinto. Tenemos mucho que hablar.

—No tengo planes, pero puedo inventar uno —dijo Salmerón.

# Capítulo 12

No tuvo que inventarlo. En febrero de ese año recibió una invitación a discutir el alzamiento de Chiapas en Nueva York, precisamente en la Universidad de Columbia. Se hospedó en un hotel decrépito del West Side, cerca del Lincoln Center, y antes que ninguna cosa, marcó el teléfono de Toño Salcido. No lo encontró, pero dejó el mensaje en su grabadora. Salió esa tarde con sus amigos y exalumnos, desprendidos de aquel trimestre remoto en que había dado una clase sobre México a alumnos mexicanos. (Un largo viaje para no salir de casa, admite Salmerón.) Tarde en su vida, dedicada a un saber informe y multitudinario, que no había aprendido a enseñarle a nadie, Salmerón supo por primera vez, durante aquel trimestre, lo que era toparse con inteligencias que probaban la existencia del futuro.

Cuando volvió en el 94, estaban todavía ahí, terminando sus estudios, dos de sus antiguos alumnos:

Arnaldo, de quien Salmerón recordaba una mujer delgada y un inglés terso, exacto como las facciones de su mujer, y Matías, que se doctoraba en administración pública dentro de la universidad y en las cosas esenciales fuera de ella. Fueron a almorzar al Oyster Bar de la Grand Central Station, un hábito de turista del que Salmerón no quería desprenderse, pese a los irónicos comentarios de neoyorquinos posgraduados de sus alumnos. Como mexicanos atentos del campus de Columbia, Matías y Arnaldo sabían de Toño Salcido. Mejor dicho, habían sabido de él cuando llegó. Y hasta intentaron verlo, pero sin éxito. Desde su llegada, Salcido era una pequeña leyenda en el campus, porque había venido a trabajar en un proyecto de investigación biomédica cuya índole ni Arnaldo ni Matías pudieron precisar, salvo en el sentido de que la comunidad científica de Columbia cifraba en él aspiraciones al premio de la Academia Americana de Ciencias.

Salmerón volvió al hotel temprano en la tarde, pero ya oscurecido, maldiciendo la ventisca y el resbaloso hielo sucio de las aceras, constatando una vez más su sedentarismo neurótico, alérgico a los viajes y al cambio de lugares y rutinas. Tenía en el hotel un mensaje de Toño Salcido, diciéndole que pasaría a recogerlo al día siguiente, un sábado. Amaneció con vientos y aguanieve, y un cielo acerado de tormenta en ciernes. Toño Salcido esperaba en el lobby del hotel, pero Salmerón no lo reconoció. Vio al muchacho sentado en el sofá, esperando, con su pelo de vetas grises y los lentes de aro dorado, pero no reconoció en esa facha joven o intemporal a Toño Salcido. Se había hecho una colita de caballo que despejaba su frente amplia, y vestía una camisa de hilo, indiferente al frío y a la ventisca de aquel febrero.

—Soy yo —se identificó Toño.

Salmerón venía tropezándose con su abrigo y tardó todo el lobby en reconocerlo.

Se abrazaron efusivamente, aunque, de momento, no tuvieron nada que decirse.

—Te vas a helar —le advirtió Salmerón, cuando salieron.

—No me he helado —respondió Toño Salcido—. El calor se lleva dentro.

Salmerón pidió el taxi de turno en el hotel y le dio un dólar al conserje. Toño Salcido le dijo al chofer que los llevara a Harlem.

—¿Vives en Harlem? —preguntó Salmerón.

—Dos calles adentro —respondió Salcido.

Vivía, en efecto, dos calles dentro de Harlem, en la 127, como si hubiera cruzado a propósito el límite mitológico y real de la 125, la Martin Luther King, la calle que separaba con su raya de fuego racial el mundo estable y blanco del campus de Columbia y el universo negro de la violencia y la sociedad autobombardeada del gueto de Harlem. El taxi los dejó en una esquina

típica del gueto, una esquina expropiada por muchachos que bailaban y esperaban su vida. Los comercios
de la calle tenían rejas de acero. Unos ancianos quema-
ban basura en un tambo para calentarse las manos.

Salmerón conocía la diferencia de esos metros
de calle y color con las calles y el color del campus de
Columbia, sólo cinco cuadras más allá. Caminó junto a Salcido, tan blanco y californiano, por ese territorio negro e irreductible, con la seguridad de que iban a
cortarlos para recordarles quiénes eran.

—*Hey, mother fuckers!* —gritó un muchacho
negro que venía de un cogollo de muchachos negros.

—*Stay away, man* —le dijo Toño Salcido, sin énfasis ni miedo. El muchacho pareció reconocerlo y se
detuvo. Toño siguió caminando junto a Salmerón,
como si levitara.

En los bajos de un hermoso edificio de ladri-
llos oscuros y verandas de hierro, un edificio que el
tiempo y el descuido habían vuelto el ejemplo exacto, como Harlem todo, de un esplendor caído, Toño
tenía un departamento largo, al que se bajaba de la
calle, para no volverla a sentir, pese a los grupos de
muchachos que corrían, hablaban y bailaban en ella,
ritmándola con su bullicio incesante. Había un largo
pasillo, después un vericueto y después, en el fondo,
aquel espacio que Toño Salcido había hecho suyo. Se
entraba a dos amplios cuadrángulos conectados entre
sí por una misma aspiración a la desnudez, como en

una mezquita. Había libreros y sillones y aparatos de sonido, y todas las cosas esperables en el departamento de un académico. Pero en medio de la abundancia de afiches y cerámicas, móviles de hierro y tapetes hindús, había también algo esencial, el toque ascético y distanciado de alguien que hubiera recorrido un largo camino hasta entender que en todas partes estaba de paso y que nada había duradero o interesante en la pasión de acumular, ornar, vestir con objetos, pertenencias o ilusiones el lugar donde vivía. No había en ese lugar otra creencia verdadera que la desnudez de una soledad sin pretensiones. Y una paz, transmitida por igual a los objetos y a su ausencia, que les permitió sentarse uno frente a otro durante una hora, y no cruzar palabra, sin que la situación resultara incómoda ni el tiempo interminable.

Aquella mañana turbia de febrero, en las afueras de ellos mismos, Toño Salcido le confió a Salmerón:

—Cuando se me prende el cuerpo y necesito otro cuerpo, voy a tres cuadras, ahí, en ese hotel, y pago por Lucila, una negra que ha terminado siendo como mi novia de la infancia, a la que nunca penetré. Lucila es mi cuerpo adjunto, como si dijéramos: la perfecta junción. A veces no está, y entonces me invitan de otra. Me fundo en esa otra como si fuera Lucila, porque sí, porque es el otro cuerpo que en ese momento estoy buscando. Me siento entonces más en la corriente que nunca, enchufado a un cuerpo anónimo y más consciente de mí, menos anónimo de mí, que en ningún momento. Entonces pienso: *Soy lo que soy, pero sobre todo lo que no soy. Soy todo eso que queda fuera de la pequeña conciencia de ser yo que lleva mi nombre.* Y me baña un sentimiento de identidad, de armonía, que no puedo poner en palabras.

Dijo también:

—Voy en una corriente que me lleva, una corriente que yo no conozco y cuyo rumbo no decido, lo mismo que las rémoras pegadas al lomo de Moby Dick. Tampoco esas rémoras deciden el rumbo que lleva la ballena. Ni siquiera conocen a la ballena. Tienen unas sensaciones trópicas de sí mismas, unos impulsos que les recuerdan quiénes son, qué sienten, qué temen, qué quieren comer. Tú, yo, Harlem, la isla entera de Manhattan, todas las ciudades de la tierra y sus habitantes somos como esas rémoras: unas costras sobre la corteza terrestre. Algo menos extendido y menos serio, al final, que las pilosidades del cuerpo humano o los dibujos en los carapachos de los insectos. Somos a la naturaleza lo que las mucosidades al sistema respiratorio de los mamíferos, lo que la corteza terrestre es a la tierra, lo que la tierra es a la galaxia en que viaja, de ninguna parte a ninguna parte, con nosotros encima como rémoras. Somos ese resplandor que puede verse en la noche cuando el avión cruza el desierto del Sahara y unas luces delatan allá abajo el resto humano que son las pirámides de Egipto. Somos una costra en la Tierra, un soplo en los aires que mueven las aguas y los ríos, un grito en el estruendo de las explosiones del universo.

# Capítulo 13

Salcido tenía un estante con libros de ciencia y biología y en un lugar aparte unas cuantas obras: Nikos Kazantzakis, un libro de Albert Einstein (*Ideas and opinions*), Tomás de Aquino (*De la monarquía*) y Lucrecio (*De la naturaleza*). En el penúltimo lugar del estante estaba el delgado tomo del poeta mexicano José Gorostiza: *Poesía completa*, que incluía sus únicas dos obras: las *Canciones para cantar en las barcas* y la edición de su poema canónico, *Muerte sin fin*. Mientras Salcido ponía agua para los tés que iban a beber, Salmerón hojeó el ejemplar de *Muerte sin fin*. Estaba subrayado y anotado profusamente, con exclamaciones y dibujos de animales fantásticos en los márgenes. Bajo el título *Muerte sin fin*, Salcido había escrito con su letra fina y excéntrica: "Este poema se refiere al error de Dios por parpadear".

Le dijo Toño Salcido a su amigo Salmerón:

—Somos una equivocación de Dios. Nadie lo ha visto y escondido mejor que José Gorostiza, en su gran poema metafísico: *Muerte sin fin*. Para empezar, la muerte siempre es un fin, salvo en este poema, donde la muerte es, desde el título, infinita. Esa infinitud es la del instante perpetuo de la creación de la materia. El tema de Gorostiza es que hay un momento, mientras Dios está creando la materia perfecta, en que Dios parpadea. Como cuando el escritor está escribiendo, poseído pero fatigado por su propia creación, y su mano desbarra, y en lugar de escribir, garabatea. Así Dios, al parpadear, porque dormita, traza no un mundo perfecto, sino un garabato. Ese garabato somos nosotros. Ésta es la idea de José Gorostiza: Dios hizo nuestro mundo en un momento de pérdida de la vigilia. De ahí la imperfección del mundo: es el fruto de un parpadeo de Dios, una mezcla de sobresalto, inconciencia y pesadilla.

Dijo también Toño Salcido:

—Según Spinoza, todas las cosas se esfuerzan por perseverar en su ser. Pero yo me pregunto si mi ser verdadero no será un salmón regresado al río Connecticut, un átomo del aire frío de la montaña, la raíz de uno de los árboles sequoia que crecen a sesenta metros de alto. Me pregunto si mi verdadero ser no está en esa corriente majestuosa de la vida cuya dureza para morir y nacer, para crear destruyendo, es en el fondo mucho más benigna que la colección de fantasías y destrucciones de que ha sido capaz el hombre.

Dijo:

—No temo nada ni espero nada. Soy libre, he llegado a ser libre, como quería Kazantzakis. Mi vida es una pura concentración sin sobresalto. Mis necesidades pasan por mi cuerpo como el dolor a través de los animales. Pasan y ya. A veces las satisfago, a veces simplemente pasan. ¿Has visto cómo pasa el dolor a través de un perro, cuando alguien lo patea o lo pisa sin darse cuenta? El perro chilla, se queja mientras le duele y después se aplaca, no queda en él huella ni rencor. Nosotros los humanos padecemos más la memoria de nuestro dolor que el dolor mismo. Hay que hacernos como perros.

Dijo también:

—Según San Agustín, nuestros corazones no descansan porque la tierra no es nuestra verdadera casa. ¿Pero qué otra cosa puede albergarnos sino la tierra? ¿De qué otra grandeza acogedora podemos venir y a cuál otra podemos dirigirnos, sino a la tierra? San Agustín habla, en realidad, de la estrecha "tierra" que es el mundo de los hombres. Es decir, habla de la sociedad humana que ha sido construida a contrapelo de la tierra en que reside. Si algo hay en esa tierra con minúsculas es la voluntad de dominar La Tierra con mayúsculas, como mandan al hombre las sagradas escrituras. Pero la tierra no puede ser dominada. Es más grande que nuestra voluntad, por la simple razón de que la incluye, como tú incluyes tus sueños y tu cuerpo incluye sus toxinas.

Luego de algunos silencios, Toño Salcido dijo:

—Lo biológicamente diferencial del hombre es la culpa, lo que quiere decir que es un animal imperfecto. La naturaleza se dio cuenta de que el hombre era un animal imperfecto cuando empezó a depredar. No le dio uñas ni garras, pero le dio inteligencia para crear sus uñas y sus garras. Entonces, el hombre inventó los garrotes, extensión de sus manos. Luego inventó la rueda, extensión de sus ganas de moverse. Al final inventó las bombas, para dominar a los demás, aun a riesgo de acabar con la naturaleza. Dominar es una palabra típicamente humana. Con la naturaleza, el hombre no ha hecho sino provocar, arañar la costra, irritar al animal en que va montado, sin saber qué animal es ni a dónde va. Pero el hombre es o fue, de origen, un animal inferior. Y la naturaleza, pensando que desaparecería, no le dio los reflejos de sometimiento y equilibrio que contienen la agresividad hacia los demás animales. Dejó libre su agresividad porque pensó que su agresividad no era significativa. Era un animal débil y precario, un error de la naturaleza, destinado a desaparecer. Pero la agresividad sin control fue el arma triunfal del hombre. Fue el primer animal que mató a otros animales de su género por pura agresividad. Fue un criminal y lo sigue siendo. Su dignidad es que es también capaz de culpa y de amor. Pero esos momentos son una expresión de su debilidad natural, no de su fortaleza. Es como si hubiera habido un error básico en el diseño de todo. Un error porque Dios dormitaba o porque a la naturaleza se le pasó ese animal imperfecto, ese resbalón del sueño de Dios que somos nosotros. Nosotros nos le pasamos a la naturaleza, somos su excepción. Quizá su grandeza. Quizá su estupidez. ¿Me entiendes lo que quiero decir?

No entendía, admite Salmerón. Lo apuntó en su cuaderno de notas de ese día como el etólogo que apunta los hábitos de un animal inexplicable. Sin deformarlo ni explicarlo.

Volvió de Nueva York perturbado. Llamó varias veces, sin éxito, a Toño Salcido. Pidió a sus exalumnos que fueran a buscarlo. Toño les dijo que había recibido el mensaje de Salmerón y que se haría cargo de él.

—¿Qué más dijo? —preguntó Salmerón.

—Sólo eso —respondió Arnaldo, y citó textualmente a Toño Salcido: "Me haré cargo de él".

Salmerón envió después dos cartas afectuosas a Toño Salcido, buscando establecer una correspondencia. Recibió a cambio otra carta, que era sólo una cita de Baruch Spinoza. Decía:

*La naturaleza no está encerrada dentro de las leyes de la razón humana. Cuanto nos parece ridículo, absurdo o malo en la naturaleza, se debe a que queremos que todo sea dirigido tal como ordena nuestra razón. La realidad, sin embargo, es que aquello que la razón dictamina que es malo no es tal respecto al orden y a las leyes de toda la naturaleza, sino tan sólo de la nuestra.* (*Spinoza:* Tratado político. *II,8*)

Luego, sin que mediara carta suya, Salmerón recibió otro correo de Toño Salcido, con un poema de José Gorostiza:

> *El paisaje marino*
> *en pesados colores se dibuja.*
> *Duermen las cosas. Al salir, el alba*
> *parece sobre el mar una burbuja.*
> *Y la vida es apenas*
> *un milagroso reposar de barcas*
> *en la blanca quietud de las arenas.*

# Capítulo 14

Fue lo último que Salmerón supo de Salcido durante 1994. Decidió que esperaría el fin del invierno para
ir a Nueva York y buscar a su amigo. Los días circu-
lares se llevaron ese propósito y trajeron nuevos afanes sedentarios. Escribía a borbotones una mañana de
abril cuando llamó a su puerta un visitante que por el
interfón dijo ser amigo de Toño Salcido. Entró por la
puerta un hombre alto y blanco, que guardaba en las
facciones nobles y el mechón de pelo echado sobre la
frente una fragancia juvenil, desmentida por las arrugas profundas de la boca y las bolsas desveladas y
azuláceas bajo los ojos.

—Soy Arturo Valenzuela —le dijo—. Tengo para ti
un mensaje de Toño Salcido.

—¿El Vate Valenzuela? —preguntó Salmerón.

—El Vate —asintió Valenzuela, desplegando una
sonrisa como un paisaje.

—He oído mucho de ti —dijo Salmerón—. Aunque son las doce del día, supongo que este encuentro amerita un brindis.

—No tomo —dijo El Vate—. Te acompaño con un té de yerbas.

—Té para dos, entonces —dijo Salmerón.

Trajo el té de la cocina, el diario waterloo de su vida solitaria, y se dispuso a oír. Oyó a El Vate decir que venía de Nueva York, a donde había acudido por notificación del abogado de Antonio Salcido, para recoger las cosas de su departamento.

—¿No viste a Toño? —preguntó Salmerón.

—No estaba Toño. Estaban sólo sus cosas, ordenadas en cajas. Dejó instrucciones precisas sobre a quién entregar cada cosa. En su escritorio había un paquete para mí y una carta para ti. Vine a traértela. Es ésta.

Puso un pequeño sobre en manos de Salmerón.

—¿Qué me estás queriendo decir? —preguntó Salmerón—. ¿Qué significa todo esto?

—No lo sé bien —dijo El Vate—. Quizá tu carta lo explique.

—¿Pero Toño, dónde está?

—No lo sé. Por lo pronto no está en ninguna parte.

—¿Qué había en tu paquete? —preguntó Salmerón.

—Instrucciones sobre qué hacer con cada cosa —dijo El Vate—. Había una libreta con sus últimas notas científicas, y las señas de los colegas a quienes debía entregarlas. Había una bolsa de fotos de toda su vida. Fotos de su papá. Del seminario conmigo. De Rayda en Berkeley y Managua. De su segunda mujer María Amparo. De sus hijos. Y fotos suyas en la bocana del río Connecticut, frente al Atlántico.

—¿La obsesión del salmón?

—La obsesión del salmón.

—¿Pero qué quieres decir? ¿Dónde está Toño?

—Probablemente en el río Connecticut —dijo El Vate.

—¿Probablemente?

—El cuadro es el de un suicidio.

Salmerón vio temblar las manos de El Vate. Entendió que bajo su fachada cordial venía un volcán.

—La precisión de los arreglos, la asignación de los objetos, las cartas: todo da un cuadro de suicidio —explicó El Vate—. Eso dice por lo menos el abogado.

—¿Qué dices tú?

—Es posible.

—Dime la verdad —pidió Salmerón.

—La verdad no importa mucho —dijo El Vate—. Cualquiera que sea el asunto, ya los perdí a los dos.

—¿A los dos?

—A Rayda y a Toño —dijo El Vate—. Fueron fundamentales para mí. Por ellos hice la mitad de lo que he hecho en la vida. Por Toño me fui al seminario. Por Rayda me fui a la lucha social. Ahora ellos se fueron y lo que queda es la mitad de mi vida. Sólo me falta saber lo que dice tu carta.

Salmerón abrió la carta y leyó las cuatro líneas que Toño Salcido le había dejado. Las pasó a El Vate y fue por el trago de alcohol que había descartado momentos antes. Cuando regresó, encontró a El Vate encorvado sobre sí, sumido en una pena que no admitía consuelo. Era, pensó, el momento final de su pérdida. Sin saberse mirado, formando un carapacho contra su dolor, ahí estaba en el rincón de la sala el viejo enamorado de Rayda y de Toño Salcido, quemado a doble banda por el fuego de su prima y de su amigo. Había llegado a ser la opción que era, el jesuita armado y jugado en la redención de los demás, por el amor inaccesible de Rayda y por la amistad fundacional de Toño Salcido. Pero ahora, pensó Salmerón, en la primera altura de su edad, cuando ya no podía ser sino lo que había elegido ser, había venido a decirle algo sobre el tamaño de su pérdida. Lo dejó penar solo su pena antes de hacer un ruido admonitorio en el comedor y regresar a la sala. Se sentó frente a El Vate y le ofreció el vaso de wisqui que había servido para él.

—No tomo —dijo El Vate, tratando de sobreponerse a su ánimo, con las bolsas bajo los ojos infladas y rojas, como si le hubieran pegado.

—Cuando Toño me contó la historia de Rayda —recordó Salmerón—, me dijo que no había sido capaz de entender sus síntomas. Yo tampoco fui capaz de entender los de Toño. Supongo que tú tampoco.

—Tampoco —dijo El Vate.

Salmerón recogió la carta de la mesa donde había quedado y volvió a leer las últimas líneas de Toño Salcido. Decían:

*Quiero disolverme. El polvo al polvo. La vida a la vida. Dios es un soplo. Que respiren los peces y las aguas. No respiraré más.*

Salmerón recordó el final del diario de Pavese, que sabía de memoria, en *El oficio de vivir*: "Todo esto da asco. Basta un gesto. No escribiré más". Y el verso del propio Pavese evocando la partida de alguien —anticipando su propia partida, quizá:

*All is the same.*
*Time has gone by.*
*Some day you come*
*some day you'll die.*
*Someone has died,*
*long time ago.*

*(Todo es igual.*
*El tiempo se va.*
*Algún día vienes,*
*Un día morirás.*
*Alguien ha muerto*
*Mucho tiempo ha.)*

—¿Por qué? —preguntó Salmerón.

—No lo sé —respondió El Vate—. Vine a verte, como he ido a ver a otros amigos de Toño, en busca de una clave, de una respuesta.

—Yo no la tengo —admitió Salmerón.

—Nadie —dijo El Vate.

Cuando El Vate se fue, Salmerón regresó por otro wisqui al waterloo de su cocina. Se reconoció en las pilas de trastes y desechos. Volvió a saber quién era y algo de lo que había perdido. Decidió entonces escribir lo que recordaba de Toño Salcido, para conjurar su ausencia. Para explicarla quizá. Para encontrar al menos su lugar y su sentido en esa historia. A la vista de los hechos consumados, ante el recuerdo de una amistad a la vez larga y escueta, nada creció en él sino la huella del día en que Toño Salcido le contó la pérdida de Rayda. Descubrió que ese día estaba intacto en su memoria, envuelto por un halo extraterreno, con su atmósfera radiante que invitaba a la euforia. Decidió recordar y escribir ese día, en busca de la revelación del enigma de Toño Salcido, sabiendo perfectamente, sin embargo, que la revelación no estaría en ninguna parte, que el enigma de Toño Salcido no era un enigma sino un garabato tachado en un muro sin respuestas. Eso hizo, como en un frenesí de la memoria, aprovechando algunas notas que había tomado aquel día y volviendo una y otra vez, cada vez que se trababa, a la evocación de los volcanes suspendidos en el aire.

De la majestuosa dominación de los volcanes sobre aquel día y aquella noche, fueron saliendo, volviendo a su memoria, los fragmentos perdidos. Escribió de un tirón, en tercera persona, puso el texto en un folder, el folder en un librero y descansó ocho meses.

# Capítulo 15

Su penúltima mujer le había heredado a Salmerón un perro nervioso. Les ladraba a gatos que nadie veía y se echaba a los pies de Salmerón como si sólo eso pudiera calmar su natural jadeante y acelerado. Recibía a Salmerón brincando de júbilo y lo buscaba por la casa, ansioso de su compañía. Por las noches se echaba a dormir en una esquina de la cama de Salmerón, enroscándose con modos lentos y resignados. De noche o de día, mientras estaba dormido o esperaba a las plantas de Salmerón, se alzaba de pronto en guardia con un ladrido eléctrico que corría histéricamente por el aire. Sus sobresaltos irritaban y conmovían a Salmerón, que pasaba de la cólera intolerante a la imaginación solidaria del mundo que su perro combatía.

El veterinario le advirtió: "Los perros son perros. Hay que tratarlos como perros, no como personas". Un día que el perro rascaba la pierna de Salmerón para exigirle un pedazo de pan durante el desayuno, su mirada fue profunda y serena por primera vez. Salmerón vio en ella la mirada de Toño Salcido. "No es la clase de perro que debería tener", pensó Salmerón. Había guardado en un librero su reconstrucción del día luminoso y la noche elocuente en que Toño Salcido quedó cifrado y resuelto, para él. La mirada del perro lo regresó al manuscrito. Leyó y releyó. Tuvo la impresión amarga de haber glosado o inferido de más. La sensación de haber contaminado una historia nítida. La certidumbre de haberla contado mejor en alguna sobremesa con unos cuantos trazos que mostraban mejor el misterio esencial del asunto, y su residuo inexplicable.

Despertó en la madrugada repitiéndose que Toño Salcido se había echado al río. ¿Pero se había echado? ¿No era sólo un salmón remontando la corriente para engendrar río arriba y volver? Probablemente las dos cosas, pensó, en la confusión lúcida y lerda de la noche. Toño se había perdido en el río y lo remontaba para engendrar río arriba, en la memoria de Salmerón, en la cabeza de un perro heredado que no sabía mirar sino con la mirada de su amigo ido. Ido, aceptó Salmerón, pero no ausente (dado el perro) ni necesariamente muerto. No necesariamente. Puso en un sobre lo que había escrito de su día con Salcido y se lo mandó a El Vate, con una disculpa. El Vate le llamó a la mañana siguiente, preguntándole qué esperaba.

—Que lo leas —le dijo Salmerón.

—Ya lo leí —respondió El Vate.

—¿Y qué te pareció?

—Bien.

—¿Te gustó?

—Gustar no es la palabra.

—No —aceptó Salmerón.

—No sé qué vas a hacer con esto —dijo El Vate—. Lo que vayas a hacer, quiero que incluyas lo que tengo que decir al respecto.

Quedaron de comer en un restaurante del centro. Cuando Salmerón llegó, El Vate esperaba volcado sobre el manuscrito en una inspección final. Lo había tachado y comentado exhaustivamente, enmendando fechas y hechos, objetando inferencias y saltos interpretativos de Salmerón y Salcido.

—Ahí está apuntado todo lo que yo tengo que corregir desde el punto de vista de los hechos —dijo El Vate, cuando por fin, a los postres, abordaron el tema—. Son muchos detalles, pero al final no es gran cosa. La verdadera cosa tiene que ver con los puntos de partida de todo el relato y, en consecuencia, con los de llegada. Es posible llegar a puntos diametralmente opuestos por una diferencia pequeña en el enfoque inicial. Un grado de diferencia en la salida de Veracruz puede llevar un barco al Mar del Norte o al Cabo de la Esperanza, en el hemisferio austral. Algo semejante pasa aquí.

—¿Dónde?

—En todo el manuscrito. Es el problema de los énfasis de partida. Si tú pones el énfasis en el redentorismo jesuita, tienes al final una tendencia trágica, o bufa, al esnobismo social. Pero si pones el énfasis en el carácter moralmente intolerable de la injusticia y la miseria, entonces el redentorismo jesuita es sólo una forma de la compasión y la solidaridad. Quizá hemos ido al pueblo y a los pobres por esnobismo jesuita. Pero una vez que estás ahí, lo único que verdaderamente puede suceder es que te indigne la barbarie de la explotación, la violencia de la miseria. Es una rabia justa ante la privación. No hay quien pueda vivir ahí un tiempo sin que le hierva la sangre. Si te saltas eso, no entiendes nada. Y tú te lo saltas a cada rato, junto con Toño, cuyo pleito de familia con la compañía explica muchas cosas.

—De acuerdo. ¿Qué más?

—Lo mismo pasa con Rayda —siguió El Vate—. Si pones el énfasis de su historia en el impulso de muerte, como lo pone Toño, tienes la historia de una suicida barroca: va a la revolución para darse muerte. ¿Por qué no matarse y ya? Por barroca. Pero si pones el énfasis en su necesidad profunda de pertenecer, de ser útil a otros, tienes la historia de una vida plena, vivida en el riesgo de darse, de servir. No se fue a la guerra el primer día a que la mataran. Fue yendo, llevada por Tánatos si quieres, pero llevada también por Eros, por el Eros de la caridad y de la pertenencia a la tarea de la salvación de los otros. Dicho sea esto sin pretensión redentorista, justamente desde la convicción contraria, desde la convicción de jugarse por los demás, a sabiendas a veces de la inutilidad del sacrificio, pero siendo moralmente incapaz de regatearlo.

—¿Ésa fue la mística de Rayda? ¿Sacrificarse altruistamente por los demás?

—Eso, y la rabia —dijo El Vate—. Pero volvemos al problema de los énfasis. Cuando dices "sacrificarse altruistamente por los demás", condesciendes, ironizas. No te haces cargo de la persona real. Suprimes la honestidad de la rabia, la rabia justa ante la injusticia. Suprimes la injusticia misma, el hecho de que la injusticia está encarnada humana y socialmente y que cuando te topas con ella no sólo es posible, sino moralmente inevitable combatirla.

—Yo no la combato —dijo Salmerón—. ¿Soy moralmente inferior? ¿Soy moralmente ciego?

—Eres moralmente indiferente a eso —dijo El Vate—. Rayda, no. Ni otros. Tu indiferencia no te da derecho a juzgarlos suicidas.

—De acuerdo —dijo Salmerón—. Ahora quiero preguntarte una cosa personal.

—La que quieras —dijo El Vate.

—¿Estabas enamorado de Rayda?

El Vate lo miró incrédulamente, luego miró al plato de postre del que comía, luego miró otra vez a Salmerón.

—Toda mi vida. Desde que éramos niños —sonrió, entregándose—. Y toda su muerte. Ahora que no está, estos últimos años, me he dado cuenta de hasta qué punto la necesitaba, hasta qué punto Rayda era mi alegría secreta. Pero no me entiendas mal. Cuando digo o cuando acepto que estaba enamorado, no me refiero a que la quería para mí, a que la deseaba como mujer. Alguna vez, sí, desde luego. Pero lo nuestro, o lo mío con ella, fue otra cosa. Ella fue para mí, desde la escuela, aquello del Cantar de los cantares: *como el lirio entre los espinos/como el manzano entre los árboles silvestres/y su bandera sobre mí fue amor*. Era mi hermana y mi fiesta, la mitad que me completaba. Lo siguió siendo toda la vida. Desde muchachos, para mí, ver a Rayda era gozar de la vida. Todo lo iluminaba para mí con su presencia. Por ninguna razón, porque me tocaba alegrarme con el simple hecho de que existiera. Y viceversa. Nos tocaba ser felices juntos y lo fuimos todo el tiempo, aun en las peores condiciones. Eso estaba escrito para ella y para mí. Repito, sin que nos tentara nunca, o alguna vez, sin consecuencia, la necesidad de ser pareja. Ahora bien, producir bienestar y alegría no era una cosa infrecuente en Rayda. Solía producir eso en los demás. No dudo que tuviera sus ratos y sus épocas sombrías, como algunas que recordó Toño contigo. Pero su signo no era de sombras, sino de luz. Rayda era una fiesta, como el París de Hemingway. Siempre activa, siempre dispuesta, siempre risueña, siempre en la primera fila de todo, ávida del mundo, como lo dice muy bien Toño en algún momento de tu relato. Y eso no era lo excepcional en su vida, repito, sino lo cotidiano. Era imposible resistirse a esa fiesta. Yo nunca me resistí, al menos. Y me cuesta mucho tragarme la imagen de esa mujer tanática que domina tu escrito, esa mujer gobernada por una otra monstruosa escondida en su vientre.

—Eso es sólo parte del retrato —alegó Salmerón.

—Es el énfasis que acaba dominando el retrato. Quizá debido a que empezaste por ahí.

—Es el retrato de Toño, no el mío —recordó Salmerón.

—Porque estaba tanático él —dijo El Vate—. Porque el día que habló contigo era el aniversario de la muerte de Rayda, y no podía con la culpa de su muerte. Mejor: con la culpa de haberla negado en su muerte.

—¿Por no haber ido a identificar su cadáver?

—Nunca pudo reponerse de eso —asintió El Vate—. Esa culpa lo desgarró siempre. A mí me visita todos los días el horror del cuerpo de Rayda que vi. Mutilado, ultrajado. Pero te aseguro que es una imagen menos dolorosa que la ausencia de ella en la culpa de Toño.

—Tú no acabaste así.

—¿Qué quieres decir?

—No acabaste como Rayda. Muerto, mutilado.

—No —dijo El Vate—. ¿Pero cuál es el punto?

—El punto de Toño: mucha gente bebe alcohol sin que el alcohol la mate. Otros destruyen su vida bebiendo. Mucha gente se entrega a los demás, a la redención o al cambio social, sin que esa entrega los mate. A Rayda, sí. ¿Por qué?

—Porque Rayda iba más allá que los demás.

—Precisamente. ¿Por qué? Hay un porqué que responder ahí. A lo mejor no tiene respuesta. No hay respuesta para las ganas de morirse.

—Pero Rayda no quería morir —se agitó El Vate—. Rayda *no se suicidó*. La mataron esos hijos de puta. Ellos la mutilaron. Ellos la violaron. Ellos la hicieron pedazos. Ella es la víctima, no la responsable de su muerte, carajo.

—Desde luego es la víctima —concedió Salmerón.

No insistió en los matices. Al final de la comida le dijo a El Vate:

—Quisiera mandarle el escrito a María Amparo, la exmujer de Toño.

—La madre de sus hijos —precisó El Vate—. ¿Qué esperas que te diga María Amparo?

—Lo que ella quiera —dijo Salmerón—. Cualquier cosa será buena. ¿Qué opinas?

—No es fácil digerir ese escrito —confesó El Vate—. Ni sé si se lo debes mandar. Aunque supongo que es inevitable.

—Nada es inevitable. Salvo morirse —dijo Salmerón.

# Capítulo 16

Al llegar a su casa, Salmerón le contó al perro su entrevista y su duda, mientras ponía un disco de adagios y se consolaba con un wisqui. Cuando terminó su perorata el perro lo miró sin entusiasmo y le dio la vuelta, antes de echarse a sus pies a mascar viandas imaginarias. En los días siguientes hizo muchas de las correcciones sugeridas por El Vate y un apunte de la conversación que habían tenido. Imprimió luego una copia limpia y se la envió a María Amparo, con una nota explicatoria y la pregunta, que en realidad era una súplica, de si quería añadir algo. María Amparo vivía en una ciudad fronteriza, y había tenido otro hijo con su nuevo marido. Pasó un tiempo razonable sin respuesta, y luego pasó el tiempo a secas. Una mañana de diciembre, en la inminencia de los ajetreos navideños, ocho años después de aquella mañana diáfana con Toño, Salmerón recibió una llamada telefónica de la propia María

Amparo, informándole que iba a hacer un viaje a la capital. Quería verlo, le dijo. Y quería añadir.

Su voz era clara y tersa por el teléfono, como si la hubiera educado cantando. Así era también la mujer que recibió a Salmerón en la casa familiar donde se hospedaba: simple y natural, metida en sus ropas como si hubieran sido inventadas para ella, ligera en las alas cortas de su pelo como si nunca le hubiera crecido más allá de ese límite armonioso, precisa en la piel blanca sin manchas ni maquillaje que forraba los huesos firmes de su rostro. Y los dientes blancos y parejos entre dos labios tenues, apenas rosados, de salivas exactas.

—Yo sé muy bien quién es usted —le dijo María Amparo, cuando Salmerón intentó explicarle—. Usted es uno de los amigos que Toño veía menos y uno de los que tenía más presentes.

—Si ése es el caso, quizá podamos hablarnos de tú —sugirió Salmerón.

—Podemos —dijo María Amparo—. Pero voy a tener que acostumbrarme. Yo leí este escrito suyo, tuyo, que me parece terrible. A mí me resultó por momentos enojoso. Enfadoso, como decimos en el norte. Me vine a enterar ahí de cosas que no sabía, cosas que Toño nunca me contó. Supongo que eso pasa en todas las parejas, pero no se lo perdono al condenado. Me las va a pagar.

—¿Por ejemplo qué cosas? —preguntó Salmerón.

—Por ejemplo, me había contado esos días que se pasó en Managua en santidad, en perfecta comunión, con Rayda. Pero ni una palabra me dijo de que las noches también eran buenísimas.

—Quizás exageré un poco las noches —admitió Salmerón.

—A mí también me tocó algo de eso —se rio María Amparo—. Sé que fue verdad, que pudo serlo. Eso me afectó cuando leí su escrito. Pero que no me lo haya dicho el mustio, eso me pudo más. Estoy jugando, no me haga caso. Lo de Toño ha sido un torbellino y su escrito lo removió todo un poco.

—¿Qué removió? —se aventuró Salmerón.

—Muchas cosas. Para empezar, todo el asunto de Rayda. Nosotros hablamos mucho de Rayda. Mucho, largamente. Yo a Rayda la sentí años como una intrusa entre nosotros. Era una sombra a veces más real que si Toño se hubiera echado una amante. Al mismo tiempo, era una sombra transparente. No hubo desde el principio nada que ocultar. Me refiero a lo importante que Rayda había sido en vida para Toño y lo mucho que le pesaba su muerte. Aprendí a vivir con eso y dejó de importarme. Cuando tuvimos nuestro primer hijo, yo supe, no sé cómo, pero supe, que lo de Rayda había quedado atrás, donde debía estar, en el pasado, y que Toño y yo habíamos empezado un nuevo turno como pareja, con Rayda en su lugar y nosotros en el nuestro. Así fue. Cuando nació nuestro segundo hijo, una niña, yo misma propuse que la llamáramos Raquel, como se llamaba mi abuela paterna, pero en realidad para decirle a Toño que el asunto de Rayda, Raquel Idalia, estaba saldado. Y no sólo saldado, sino hasta incluido por las buenas vías, por las vías de la vida nueva, en nuestra vida. Así fue, y así es. Se preguntará usted, te preguntarás, por qué rompimos entonces, por qué si iba todo tan bien y estaba todo tan resuelto, dos años después del nacimiento de Raquel estábamos separados y Toño vivía solo como un monje loco, o como un monje laico, en ese horror de vida que se construyó en Columbia. Supongo que ésa es una cosa que hay que contestar.

—En caso de que tenga respuesta —dijo Salmerón.

—Me gusta eso que dices —reaccionó María Amparo—. Porque yo no puedo decir que tenga una respuesta. Recuerdo lo que pasó. Pero no tengo una explicación ni una respuesta.

—¿Qué pasó?

—Bueno, la decisión de regresar a la investigación y de irnos a Berkeley fue un cambio radical para Toño. Y para nosotros. Fue dejar atrás el torbellino de la política y de la salud pública, que consistía en juntas, viajes, inspecciones, programas y giras en colonias populares, en pueblos de la sierra o de la costa. Al dejar eso, Toño regresó al encierro, a la biblioteca, al laboratorio y a no ver más gente que nosotros, su familia, y sus colegas, sus alumnos. Fue maravilloso, porque estaba concentrado como nunca, siempre con tiempo para su familia, siempre sereno y de buen humor, realmente como si hubiera recuperado o alcanzado un equilibrio interior. Como si estuviera en paz consigo mismo. Siempre se había dado tiempo para leer, pero ahora los libros pasaban por él como por una esponja, iban y venían por el departamento, igual los que sacaba de la biblioteca y los que compraba. La imagen de paz y concentración que yo conservo de aquellos días es la de Toño leyendo en un sillón de nuestro departamento y su hijo jugando cerca, sin interrumpirlo ni hacer ruido, totalmente contagiado de la paz y la serenidad de su padre.

—¿Y eso cómo se rompió?

—No, en realidad no se rompió —dijo María Amparo—. Ese estado de serenidad y paz no se rompió nunca. Empezaron a suceder cosas que fueron creciendo de tamaño e importancia. Pero siempre dentro de la misma frecuencia, el mismo ambiente, de serenidad y equilibrio. La que se volvió loca, la que no pudo resistirlo fui yo. Pero él, tal como lo describes en Nueva York, estuvo siempre sereno. En su propia órbita. Concentrado, imperturbable.

—¿Y qué es lo que empezó a suceder?

—Bueno, un día Toño empezó a hablar. Es decir, empezó a hacer unas largas explicaciones como las que tú transcribiste, de todo lo que leía. Siempre leyó mucho. Cosas de filosofía y de ciencia, de teología. Pero no hablaba nunca de ello. De pronto, empezó a hablar. Mejor dicho, a perorar. Podía sentarse en la mesa por la mañana y hablar sin detenerse tres cuartos de hora, mientras yo les daba el desayuno a los niños, antes de llevarlos a la escuela. Hablaba de corrido, con perfecta lógica y absoluta claridad. Como si leyera. Como si repitiera lecciones aprendidas. No le di importancia porque en verdad no la tenía. Supuse sólo que le había llegado el momento de hablar, luego de leer tanto, y tan concentradamente. Además, me gustaban sus peroratas. Y me gustaron las que pusiste en el escrito, salvo el asunto de la negra. ¡Qué horror!

—Lamento haberlo transcrito —dijo Salmerón.

—No, está bien. Es como fue —aceptó María Amparo—. Aun en eso hay elocuencia y verdad, la elocuencia que yo recuerdo de las peroratas de Toño. Lo cierto es que decía cosas profundas y bien pensadas, a veces difíciles de entender, pero otras redondas y verdaderas, como las primeras palabras de un niño. Me gustaban tanto que yo misma le compré un cuaderno y le pedí que anotara esos pensamientos. Tenían un fondo místico, un fondo loco, pero eso no me inquietaba mucho. Algo que me había gustado en Toño desde que lo vi la primera vez fue ese toque de genio distraído, su total indiferencia ante las convenciones que nos rigen a los demás. En cuanto lo traté un poco, entendí que esa distracción era en realidad concentración. Venía de un fondo reflexivo que le permitía abstraerse del mundo exterior y al mismo tiempo verlo con un sentimiento místico. Veía lo de afuera, los mapas, las células, los ríos, los protozoarios, como partes de un mismo espectáculo, partes de un espectáculo más grande y más perfecto que él y que los demás, un espectáculo del que todos éramos parte.

—¿Qué pasó entonces?

—No muchas cosas —siguió María Amparo—. No hubo nada en nuestra vida conyugal que explique lo que sucedió. Ni pleitos, ni infidelidades, ni desamor. Al contrario. Vivíamos realmente bien. Unidos, conectados. Hay otra cosa de la que vengo a enterarme en tu escrito que hace mucho sentido para mí, porque conduce a lo que realmente sucedió. Me refiero a esa necesidad que Toño tuvo en distintos momentos de su vida. Esa necesidad de aislarse, de esperar que las aguas volvieran solas a su nivel, para poder nadar de regreso. Eso está en el escrito. Cuando muere su papá, él se queda ido, absorto, evadido de este mundo para evitar el dolor. Cuando Rayda se le va de Managua, él se vuelve un ermitaño, no tolera contactos, ni siquiera los de la gente en el transporte público. Cuando le llega la noticia de la muerte de Rayda, él y yo ya estamos casados, pero lo que hace es perderse tres días en un hotel, y se queda ahí mirando el techo, sin que nadie lo interrumpa. Eso me ilumina a mí varias cosas. Porque lo que me pasó con Toño fue exactamente eso, sólo que agravado. Creí tenerlo claro, pero el escrito me lo acabó de aclarar. Y eso es algo que tengo que agradecer de tu escrito. Aislarse y perderse siguió siendo una necesidad para Toño. No habíamos acabado de instalarnos en Berkeley, donde pasamos los mejores tiempos de nuestro matrimonio, cuando se me desapareció dos semanas, sin más explicación que una nota muy semejante a la que dejó para El Vate y para ti. Cuando volvió me contó que había hecho un viaje con pescadores costa arriba de San Francisco hasta Seattle.

—Para limpiarme —explicó—. Necesito limpiarme de cuando en cuando.

—Espero que no de nosotros —le dije.

—No —me contestó—: Para ustedes.

—Hablamos mucho de esa limpia. Le dije que, desde luego, podía ir a limpiarse cuando quisiera, el tiempo que necesitara, pero avisándome lo que iba a hacer, haciéndome saber que se trataba de esto y no de un accidente o una desgracia. Porque mientras Toño reaparecía de su viaje con los pescadores a Seattle, yo movilicé a toda la policía de California en busca del *scholar* mexicano desaparecido. Le hice prometerme que no se iría otra vez sin avisar:

—Desde luego que voy a avisarte la próxima vez —me dijo—. Aunque la cosa no es así. No se trata de eso.

—No entendí muy bien lo que quería decir con la última frase. Lo entendí el año siguiente, cuando desapareció de nuevo. Sin avisar, por supuesto. Raquel ya había nacido y mi situación era complicada. Tenía una bebé en casa y ninguna ayuda adicional, salvo la que

Toño pudiera prestarme. Pero desapareció otra vez, sin decir agua va. Bueno, no exactamente: dejó un sobre a mi nombre con un libro subrayado y hojas dobladas donde quería que leyera. Era un libro de San Agustín, del que no entendí casi nada, salvo que Toño se había ido otra vez a limpiarse, como se limpiaba Agustín al confesarse en el libro. ¿A dónde se había ido? Ni idea. ¿Por qué? Menos. No sólo no teníamos una época difícil, sino que, como te he dicho, era una de las mejores épocas para él en lo profesional y para los dos en la vida de pareja. Entendí que se trataba de lo mismo, de su necesidad oscura. Igual me preocupé. Me cercioré de que no estuviera reportado en ningún hospital y en ninguna cárcel del estado. Y me hice a la idea de esperar. ¿Cuánto tiempo? Dos semanas, pensé. Eso había sido la vez anterior, y además estaba terminando el verano y faltaban veinte días para que empezaran las clases del otoño, que él tenía que enseñar. Pero no se ausentó dos semanas, ni tres, sino casi dos meses. Estuve a punto de volverme loca con esa ausencia sin pies ni cabeza. Cuando Toño volvió, me le fui encima reclamándole, pero él simplemente me dijo:

—Estuve en Michoacán. Hay un monasterio benedictino ahí, en medio del bosque de casuarinas, en un lugar que llaman los Montes Azules. Hice voto de silencio y fui portero del monasterio estos dos meses.

—Sólo eso me dijo. Sólo esa respuesta sin culpa ni disculpa alguna a mis reclamos. Naturalmente ese lugar no existe, lo verifiqué después. Entonces lo hablamos mucho, desde luego, y aceptó todo otra vez, empezando por la razón de mi cólera y mi molestia. El hecho es que nunca fue más próximo, mejor papá y mejor marido que a su regreso del inexistente monasterio de los Montes Azules. Nunca fue más exitoso, también, en su vida académica. En esas semanas que acababa de regresar le llegó la invitación a formar parte del proyecto de investigación genética en Columbia, el proyecto en el que soñaba estar y para el que había trabajado el año y medio anterior como contribuyente externo. No discutí más con él. No se podía. Le dije simplemente que era la última ausencia de esas que yo podía tolerar sin aviso de su parte. La siguiente sería el aviso de que no quería nada más conmigo y yo me regresaría a México con mis hijos. Estuvo de acuerdo. Nos mudamos a Nueva York para la primavera y las cosas fueron perfectamente, mejor que nunca incluso, durante el siguiente año. Pero en el otoño del 93, Toño volvió a esfumarse, esta vez casi cuatro meses. Dejó también unos mensajes enigmáticos, como los que dejó para ustedes esta última vez. Yo cancelé unos trabajos que había emprendido y me volví a México con mis hijos. No volví a casa de mis padres, porque venía fracasada, o en crisis matrimonial, y mi ciudad natal era muy mojigata para eso. Iba a ser muy molesto para mi familia. Volví a la ciudad de Toño, donde habíamos vivido y podía encontrar trabajo con facilidad. Lo encontré de hecho, y me organicé lo mejor que pude, con una tristeza tan grande como el desconcierto que traía encima. Porque como pareja, como mujer, como esposa, como madre de sus hijos, yo no tenía de Toño sino la evidencia de su amor y su cercanía sin condiciones. Con la única excepción de sus fugas.

—¿A dónde se había ido esta vez?

—A una parroquia hispánica del Bronx, según él. Es decir, a la misma ciudad donde vivíamos. A sólo veinte minutos de metro o de taxi. Y, sin embargo, era como si se hubiera marchado al fin del mundo. Cuando decidió reaparecer, vino a buscarme a México. Fue desquiciante verlo llegar otra vez y explicarme dónde había estado, como si lo hubiésemos convenido o volviera de un viaje rutinario de tres días. Acepté que había una zona perdida en él, una zona que tendía a crecer y con la que yo no tenía el menor contacto. Una zona anormal, o al menos anormal para mí. Intolerable para mí. Le dije que no podía volver con él a Nueva York. Me dijo que le parecía bien, que él podría vivir allá como estudiante, gastando muy poco, y mantenernos acá. Estuve de acuerdo al principio. Luego, conforme pasó el tiempo, entendí que era un arreglo absurdo. Estábamos jugando un juego angustioso, al menos para mí. Un juego sin reglas ni sentido. Le dije entonces que me quería divorciar porque iba a casarme, lo cual no era cierto, aunque acabó siéndolo. Él me dijo que estaba de acuerdo y que seguiría enviando dinero para los niños, aunque yo me casara con otro, lo cual hizo puntualmente todo el tiempo. Hizo más. Hace unas semanas me llegó el finiquito de su seguro de vida. Nunca me retiró como beneficiaria, ni siquiera aclaró que lo sería sólo como albacea de los niños. Yo seguí siendo beneficiaria directa.

—¿El seguro lo da por muerto? —preguntó Salmerón.

—Sí —dijo María Amparo—. Pero no quieren pagar, porque el suicidio es causa excluyente de pago. Me rehusé a firmar los papeles y estoy viendo reiniciar el pago del seguro como una forma de negar que la causal es suicidio y mantener abierto el caso, que puede representar un patrimonio para mis hijos.

—¿Pero no sólo por el dinero? —dedujo Salmerón.

—No —aceptó María Amparo—. No sólo por el dinero. Eso es precisamente lo que quiero añadir a lo que tú has escrito. Yo no creo ni quiero creer que Toño ha muerto. Menos aún que se quitó la vida. Aunque es perfectamente posible que se haya tirado al río. Tampoco quiero convencerme de lo contrario. No defiendo ni entiendo sus extravíos, ni sus fugas para limpiarse. No alego por su cordura. No digo que esta última ausencia sea como las otras, más larga nada más. Quizá no entiendo y no acepto la realidad, como no la entendí ni la acepté antes. Yo, mientras no tenga evidencia de que Toño murió, prefiero pensar que está dando un nuevo rodeo de desintoxicación. El inmenso rodeo que requería ahora. Prefiero pensar que volvió a liquidar lo que faltaba de su ego como voluntario en la parroquia hispánica del Bronx. Y que le quedaba un largo trecho. Prefiero pensar que se volvió a vestir de mudo para consumir sus días en el monasterio benedictino de los Montes Azules. Eso es lo que quiero añadir al escrito, a lo que tú has escrito y recobrado de Toño.

# Capítulo 17

Los ojos de María Amparo se humedecieron por primera vez. Sus lágrimas hicieron una película perfecta, como un inmenso lente de contacto. Salmerón creyó ver impreso en ese lente el monasterio benedictino de muros de cantera y tejados de tezontle. Le pareció creíble, aunque no existiera. Tuvo ganas de estar ahí. De perderse ahí. De encontrarse sin nombre ni memoria, al fin libre de sí mismo, en ese monasterio rojo y ocre incrustado en los Montes Azules. Pensó que el espacio recordado y elegido por María Amparo para Salcido podía existir realmente, como existía la mirada serena de su amigo en el perro neurálgico y solivianta-do que era su herencia.

Ésta es la clase de mujer que yo debería tener, pensó Salmerón cuando dejó la casa de María Amparo para volver a la suya, donde lo esperaba el perro que no debió tener, su perro legatario. "¿Tú qué opinas?", le dijo al perro cuando le saltó al paso, brincando y lamiendo, en el festín de su regreso. Tomó al perro de las orejas, lo puso frente a sus narices y le dijo, mirándolo de frente:

—¿A dónde te fuiste esta vez?

El perro lo lamió con su lengua pequeña y rosada.

—¿Dónde te fuiste ahora?

El perro volvió a lamerlo.

Despertó de madrugada pensando que la ausencia de Toño Salcido era una nueva presencia en él. Una presencia más seria y más honda que la de su amistad antigua, cruzada de silencios y recesos. En medio de su absurda muerte, pensó también, Rayda había empezado a vivir en él, y en otros —El Vate, por ejemplo—, con una fuerza que no tuvo en vida. Y esa acumulación de pérdidas tenía ahora, sobre todo en mitad de la madrugada, una luminosidad de fuego, un poder que la falta de desgracia, que la ausencia de dolor, no les habría conferido jamás.

Todos morían al fin, jóvenes o viejos, pensó Salmerón, en la soledad lúcida y lerda de su madrugada. Todos morían al fin, en la causa correcta o en la falsa, a veces sin haber tenido causa. Todo lo vivo no era, bien visto, sino una desaparición en marcha, una ausencia en busca de sí misma. Las ausencias de Rayda y Toño Salcido tenían al menos el poder de regresar en otros, como el salmón por la corriente, para engendrar y reengendrarse, antes de perderse otra vez en el mar.

El perro vino a olisquear sus movimientos nocturnos. Salmerón le pasó la mano por el hocico y luego por el lomo. Tocó sus narices húmedas, los huesos pequeños pero desmesurados de sus ancas, bajo el pelo abundante y metafórico.

—Quisiera poder tocarlos —le dijo al perro—. Constatar sus formas, saber exactamente lo que fueron.

Pero no había al final, por lo menos al final de aquella madrugada, sino esas sombras idas, reencarnadas en él. No había sino sus recuerdos ahogados tocando las puertas del amor y la memoria para decir que estaban ahí, que eran sólo dos enigmas transparentes, capaces de engendrar otra vez su misterio, en la corriente adversa y maravillosa de la vida.

—Necesitas mujer —le dijo Salmerón a su perro.

El perro dio un ladrido que a Salmerón le pareció aprobatorio.

—Cruzarte y multiplicarte —agregó Salmerón.

La lengua aprobatoria del perro encontró su mejilla.

*Un soplo en el río* de Héctor Aguilar Camín
se terminó de imprimir en el mes de noviembre de 2022
en los talleres de Diversidad Gráfica S.A. de C.V.
Privada de Av. 11 #1 Col. El Vergel, Iztapalapa,
C.P. 09880, Ciudad de México.